Una entre un millón

This Large Print Book carries the
Seal of Approval of N.A.V.H.

Una entre un millón

Susan Mallery

Thorndike Press • Waterville, Maine

Published in 2005 by arrangement with Harlequin Books S.A.
Publicado en 2005 en cooperación con Harlequin Books S.A.

Thorndike Press® Large Print Spanish.
Thorndike Press® La Impresión grande española.

The tree indicium is a trademark of Thorndike Press.
El símbolo del árbol es una marca registrada de Thorndike Press.

The text of this Large Print edition is unabridged.
El texto de ésta edición de La Impresión Grande está inabreviado.

Other aspects of the book may vary from the original edition.
Otros aspectros de éste libro podrían variar de la edición original.

Set in 16 pt. Plantin.
Impreso en 16 pt. Plantin.

Printed in the United States on permanent paper.
Impreso en los Estados Unidos en papel permanente.

Library of Congress Cataloging-in-Publication Data
Mallery, Susan.
    [One in a million. Spanish]
    Una entre un millón / By Susan Mallery.
       p. cm. — (Thorndike Press large print Spanish = Thorndike Press la impresión grande la Serie española)
    Titulo original: One in a million.
    ISBN 0-7862-7950-8 (lg. print : hc : alk. paper)
    1. Single mothers — Fiction. 2. Bed and breakfast accommodations — Fiction. 3. Large type books. I. Title. II. Thorndike Press large print Spanish series.
    PS3613.A453O5418 2005
    813′.6—dc22   2005014754

Una entre un millón

Capítulo uno

Los hombres guapos no deberían presentarse en casa de una sin avisar al menos con veinticuatro horas de antelación», pensó Stephanie Wynne mientras se apoyaba en el marco de la puerta tratando de no pensar en que llevaba casi dos días sin dormir. No recordaba cuándo fue la última vez que se duchó y tenía el pelo hecho un horror.

Tres niños con gripe bastaban para acabar con cualquier atisbo de glamour. Aunque seguramente al hombre que tenía delante no le importarían ni lo más mínimo sus problemas personales.

A pesar de que eran casi las dos de la madrugada, aquel desconocido guapo y bien vestido que estaba en su porche parecía descansado, pulcro y muy alto. Stephanie observó su traje elegante y después desvió la mirada hacia la sudadera vieja que ella llevaba puesta porque llevaba dos días sin ropa limpia porque...

Su cerebro cansado se esforzó por encontrar la respuesta.

Ah, sí. La lavadora se había estropeado.

Pero no quería preocuparse de aquel asunto. Los huéspedes de pago sólo buscaban un servicio excelente, una habitación tranquila y un desayuno hipercalórico.

Stephanie hizo lo posible para no pensar en su patético aspecto y dibujó una mueca con los labios que pretendía ser una sonrisa.

—Usted debe de ser Nash Harmon. Gracias por llamar antes para decirme que llegaría tarde.

—El avión de Chicago salió con retraso —respondió él alzando las cejas mientras la miraba de arriba abajo—. Espero no haberla despertado, señora...

—Wynne. Stephanie Wynne —se presentó ella dando un paso atrás para pisar el recibidor de la antigua casa victoriana—. Bienvenido al Hogar de la Serenidad.

Aquel nombre tan horrible para la posada había sido idea de su marido. Después de tres años había conseguido pronunciarlo sin parpadear pero nada más. Si no fuera por la carísima vidriera que ocupaba la ventana central en la que se leía el nombre, Stephanie habría cambiado el nombre sin dudarlo.

El huésped entró en la casa con una bolsa de viaje en la mano y tirando con la otra de una maleta con ruedas. Stephanie deslizó la mirada desde sus elegantes botas de piel hacia sus propias zapatillas de estar en casa con forma de conejito. Cuando subiera las escaleras y se metiera en la habitación tendría que recordar no mirarse al espejo.

El hombre firmó el libro de registros que había en recepción y le tendió una tarjeta de crédito. Cuando recibió la prueba de conformidad Stephanie le dio una llave antigua de bronce.

—Su habitación está arriba —le informó subiendo las escaleras.

Le había dado el dormitorio de enfrente. No sólo era amplia y confortable y con vistas a Glenwood, también era una de las dos únicas habitaciones para huéspedes que no estaban en el piso de abajo.

Cinco minutos más tarde Stephanie le había explicado las características de la habitación, le había informado de que el desayuno se servía de siete y media de la mañana a nueve. Por último le preguntó si quería que le dejaran el periódico en la puerta por la mañana. El hombre dijo que no. Ella asintió con una inclinación de cabeza y se encaminó hacia el pasillo.

—Señora Wynne…

—Llámame Stephanie, por favor —dijo ella girándose para mirarlo.

—¿Tienes un mapa de la zona? —preguntó el hombre—. He venido a visitar a gente y no conozco el sitio.

—Claro. Los tengo abajo. Te dejaré uno con el desayuno.

—Gracias.

Él le dedicó una tenue sonrisa más bien forzada. Era muy tarde y Stephanie estaba tan cansada que le dolían las pestañas. Pero en vez de marcharse en aquel momento se detuvo un instante, un instante mínimo en el que fue consciente de que la luz de la lámpara despertaba reflejos castaños en el cabello negro oscuro del hombre y que la marca de la barba incipiente que le brotaba en la mandíbula le confería un aspecto algo peligroso.

Al darse la vuelta Stephanie pensó que la falta de sueño le estaba provocando alucinaciones. Los hombres peligrosos no iban a sitios como Glenwood. Seguramente Nash Harmon sería alguien completamente inofensivo, como vendedor de zapatos o profesor. Además, no era asunto suyo cómo se ganara la vida. Mientras que tuviera dinero en la tarjeta de crédito para pagar la estancia lo mismo le daba que su huésped fuera programador informático o pirata.

Y en cuanto a que fuera guapo y seguramente soltero porque no llevaba anillo en la mano izquierda, no podía importarle menos. Muchas veces sus amigos se metían con ella por no estar dispuesta a saltar a la piscina de los hombres disponibles, pero Stephanie no les hacía caso. Ya había estado casada una vez, gracias. Tras diez años siendo la mujer de Marty había aprendido que aunque su marido pareciera una persona adulta por fuera, en su interior era tan irresponsable y tan egocéntrico como un niño de diez años. Habría conseguido más ayuda y colaboración de un perro.

Marty la había curado del deseo de tener a ningún hombre cerca. Era cierto que en ocasiones se sentía sola y sí, tenía que admitir que era duro vivir sin sexo, pero valía la pena. Tenía tres hijos de los que ocuparse. Mantener una relación con un hombre equivaldría a añadir un cuarto hijo a la mezcla. Stephanie estaba convencida de que sus nervios no lo soportarían.

A pesar de haber dormido poco, Nash se despertó poco antes de las seis de la mañana. Comprobó la hora en el reloj y se quedó tumbado en la cama mirando al techo.

¿Qué demonios estaba haciendo allí?, se preguntó. Ya conocía la respuesta. Estaba en un lugar del que dos semanas atrás no había ni oído hablar para conocer una familia que no sabía que tenía. No. Eso no era del todo verdad. Estaba allí porque lo habían obligado

11

a tomarse unas vacaciones y no tenía ningún otro sitio al que ir. Si se hubiera quedado en Chicago, su hermano gemelo Kevin, que ya había llegado a Glenwood, habría tomado el primer avión rumbo al este.

Nash se sentó y apartó las sábanas. Sin la rutina del trabajo el día se abría ante él como un abismo interminable. ¿Se habría concentrado tanto en el trabajo que verdaderamente no tenía otra cosa en la vida?

Cuestión número dos: sabía que tendría que ponerse en contacto con Kevin por la mañana y concertar un encuentro. Llevaban treinta y un años sin saber nada de su padre biológico excepto que había dejado embarazada de gemelos a una virgen de diecisiete años y luego la había abandonado. Y ahora Kevin y él estaban a punto de conocer a unos hermanastros que ni siquiera sabían que tenían.

Kevin opinaba que conocer más familia era una cosa buena. Nash no estaba tan convencido.

Hacia las siete menos veinte se duchó, se afeitó y se puso unos pantalones vaqueros, camisa de manga larga y botas. Aunque estaban a mediados de junio una niebla fría cubría la parte de la ciudad que se podía ver desde la ventana de su cuarto. Nash paseó con impaciencia por la habitación. Tal vez podría decirle a la dueña de la posada que se olvidara del desayuno. Podría salir a dar una vuelta con el coche y tomar cualquier cosa en una cafetería. O quizá podría seguir hasta descubrir por qué en los últimos meses había dejado de dormir, de comer y de darle importancia a cualquier cosa que no fuera el trabajo.

Agarró las llaves del coche de alquiler y bajó las escaleras. Tomó un trozo de papel del bloc de notas que había en la recepción, pero se detuvo antes de escribir nada al escuchar ruidos en la parte de atrás de la casa. Si la dueña estaba levantada le diría en persona que no iba a desayunar.

Siguió la dirección de los ruidos a lo largo del pasillo y atravesó unas puertas abatibles. Cuando entró en la cocina llena de luz se sintió asaltado al instante por el aroma de algo cocinado en el horno y del café recién hecho. Se le hizo la boca agua y su estómago emitió un quejido de protesta.

Echó un vistazo alrededor, pero la cocina, que era muy grande y estaba completamente rematada en blanco, parecía vacía. En el centro había una isla con una bandeja encima en la que había una taza vacía y una cafetera y un plato de fruta fresca cubierto con un plástico. A través de la puerta que tenía a la izquierda escuchó el murmullo de un monólogo mascullado entre dientes. Guiándose por la voz femenina atravesó el umbral. Había una mujer de puntillas intentando alcanzar las estanterías. Le pareció que estaba tratando de agarrar algo del estante superior, pero no llegaba.

Nash dio un paso adelante para ofrecerle su ayuda, pero en aquel instante la mujer se estiró un poco más. El jersey se le subió por encima de la cinturilla de los pantalones, dejando al descubierto un fragmento de piel desnuda.

Nash sintió como si le hubieran golpeado la cabeza con un martillo. Se le nubló la visión, se quedó sin respiración y, para su asombro, experimentó por primera vez desde hacía dos malditos años que seguía teniendo vida debajo de la cintura.

¿Con sólo ver un poco de vientre? Estaba peor de lo que pensaba. Al parecer su jefe tenía razón al haberlo obligado a tomarse unas vacaciones.

Un grito agudo lo hizo volver al presente. Nash desvió la vista del vientre de la mujer a su rostro y vio a la dueña de la posada mirándolo con los ojos abiertos de par en par. Ella se llevó la mano al pecho y soltó el aire.

—Casi me mata del susto, señor Harmon. No sabía que se hubiera levantado ya.

—Llámame Nash —dijo dando un paso

14

adelante y alzando la mano hasta la altura del estante superior—. ¿Qué necesitas?

—Esa bolsa azul. Dentro hay una cesta del pan plateada. Estoy haciendo bollos. Normalmente los pongo en la cesta más grande, pero como eres el único huésped que tengo en este momento pensé que bastaría con algo más pequeño.

Nash agarró la bolsa y sacó la cesta de su interior.

—Gracias por la ayuda —le dijo Stephanie sonriéndole—. ¿Quieres un café?

—Claro.

Regresaron a la cocina. Nash se apoyó en la encimera mientras ella le servía café en la taza.

—Los bollos estarán dentro de cinco minutos. Tenía pensado hacerte una tortilla esta mañana. ¿De jamón? ¿De queso? ¿De champiñones?

La noche anterior apenas había reparado en ella. Recordaba vagamente a una mujer de aspecto cansado y vestida de forma extraña. Le sonaba que tuviera el pelo rubio y corto. Ahora veía que Stephanie Wynne era una rubia menuda de ojos azules y una boca jugosa siempre dispuesta a sonreír. Llevaba el cabello peinado a lo pincho de manera que le dejaba al descubierto las orejas y el cuello. Los pantalones negros y el jersey levemente ceñido demostraban que a pesar de que el frasco fuera pequeño Stephanie tenía todo lo que tenía que tener donde lo tenía que tener. Era muy bonita.

Y él se había dado cuenta.

Nash trató de recordar cuándo fue la última vez que una mujer, cualquier mujer, le hubiera llamado la atención lo suficiente como para clasificarla como guapa, fea o ni una cosa ni la otra. Hacía dos años que no le pasaba, decidió sabiendo que no le resultaba difícil calcular la fecha.

—No hace falta que hagas la tortilla —dijo—. Es suficiente con el café y los bollos. Y con la fruta —añadió echándole un vistazo a la bandeja.

—El desayuno completo va incluido en el precio —respondió Stephanie frunciendo el ceño—. ¿No tienes hambre?

Más de la que había tenido desde hacía tiempo, pero menos de la que debería tener.

—Tal vez mañana —contestó.

Sonó entonces la alarma del horno. Stephanie agarró dos guantes de amianto y abrió la puerta. El aroma a pan cocinado se hizo más intenso. Nash aspiró la fragancia a cítricos.

—Esta mañana tenemos bollos de naranja, de limón y de chocolate —explicó ella sacando la fuente y colocándola sobre la encimera—. Están todos deliciosos, lo que no es muy modesto por mi parte ya que soy yo la que los he hecho, pero es la verdad.

Stephanie le dedicó una sonrisa de oreja a oreja y luego le hizo un gesto con la cabeza en dirección a la puerta que tenía al lado.

—El comedor está por allí.

Nash hizo lo que le pedía y pasó a la siguiente habitación. Encontró una mesa grande preparada para una sola persona. Encima del *USA TODAY* había un ejemplar del periódico local.

Stephanie lo siguió hasta el comedor pero esperó a que él se sentara antes de servirle el desayuno. Luego le deseó *bon appétit* antes de desaparecer de nuevo en la cocina.

Tras comerse un par de aquellos bollos deliciosos que le supieron a gloria Nash agarró el periódico y se dispuso a echarle un vistazo. El sonido de unos pasos corriendo por el pasillo le interrumpió la lectura de la sección de economía. Levantó la vista justo a tiempo para encontrarse con tres niños que se precipitaban a la puerta de entrada.

—¡Id despacio! ¡Tenemos un huésped!

La orden salió de la cocina. Al instante tres pares de pie disminuyeron la marcha y tres cabezas giraron en su dirección. Nash tuvo la impresión de que se trataba de niños de entre ocho y doce años. Los dos pequeños eran gemelos.

Stephanie apareció ante su vista y le dedicó una sonrisa de disculpa.

—Lo siento. Es la última semana de colegio y están un poco revolucionados.

—No pasa nada.

Los niños siguieron estudiándolo con curiosidad hasta que su madre los echó por la puerta. A través de la ventana del comedor Nash los vio subir en el autobús escolar. Cuando arrancó Stephanie cerró la puerta y entró de nuevo en el comedor.

—¿Has comido suficiente? —le preguntó mientras empezaba a recoger los platos—. Quedan más bollos.

—No, estoy bien —aseguró él—. Estaba todo delicioso.

—Gracias. La receta origina de los bollos es de hace varias generaciones. Mi marido y yo le alquilamos la posada a una pareja inglesa hace muchos años. La señora era una cocinera excelente y me enseñó a hacer bollos y galletas.

Ella terminó de recoger los platos y salió del comedor.

Nash le echó un vistazo a la sección de deportes y luego cerró el periódico. Ya no le interesaban las noticias. Tal vez podría ir a dar una vuelta y explorar la zona.

Se puso de pie y vaciló un instante. No

estaba muy seguro de si debía decirle a la dueña de la posada que se iba. Cuando viajaba solía hacerlo por negocios y siempre se quedaba en hoteles anónimos y sin personalidad. Nunca antes había estado en una posada. Aquel lugar era un negocio, pero al mismo tiempo parecía ser también el hogar de Stephanie.

Nash miró en la cocina y luego en el recibidor y decidió que a ella no tenía por qué importarle cómo organizar su día. Sacó las llaves del coche del bolsillo del pantalón y caminó por el suelo de madera pulida en dirección al vehículo de alquiler.

Dos minutos más tarde estaba de regreso en la mansión victoriana. Miró de nuevo en la cocina pero estaba vacía. Un sonido sordo lo guió hacia la parte de atrás de la casa hasta llegar a un amplio lavadero. Stephanie estaba sentada en el suelo delante de la lavadora. Tenía el manual de instrucciones colocado en el regazo y a su alrededor había innumerables herramientas y piezas pequeñas.

—Maldito trozo de metal barato —murmuró ella—. Te odio. Siempre te odiaré, será así durante el resto de tu vida, así que tendrás que aprender a vivir con ello.

Nash carraspeó.

Ella se giró sobresaltada. Al verlo abrió los ojos y sonrió de medio lado en un gesto mitad angelical mitad divertido.

—Si sigues apareciendo de improviso tendré que ponerte un cencerro atado al cuello.

Nash se apoyó contra el quicio de la puerta y señaló con la cabeza en dirección a la lavadora.

—¿Cuál es el problema?

—No funciona. Estoy intentando que se sienta culpable pero no parece servir de mucho. Creía que ibas a salir —comentó mirándole la ropa.

—El coche de alquiler se ha quedado sin batería —dijo él—. Si quieres puedo echarle un vistazo a la lavadora.

—No tienes aspecto de técnico en electrodomésticos —aseguró Stephanie poniéndose de pie.

—Y no lo soy, pero se me dan bien las máquinas.

—Gracias, pero voy a llamar a un profesional. Iré a buscar las llaves de mi coche. ¿Por qué no me esperas fuera?

Stephanie esperó a que desapareciera por el pasillo antes de subir a toda prisa las escaleras para recoger sus llaves. Cuando llegó al piso de arriba se dijo a sí misma que el corazón le latía tan deprisa por el esfuerzo de subir dos pisos, y no tenía nada que ver con el aspecto de su huésped.

Aunque lo cierto era que estaba igual de atractivo con vaqueros que vestido de traje. A pesar de que no podía haber dormido más de cuatro horas parecía descansado, guapo y con la piel radiante. En cambio ella tenía unas ojeras profundas y una debilidad en el cuerpo provocada por una lavadora rota y una cuenta bancaria en situación más que precaria.

Stephanie bajó las escaleras a toda prisa y entró en su monovolumen. Arrancó y se colocó de modo que su parachoques rozara el del otro vehículo.

Tardó un buen rato en encontrar las pinzas para cargar la batería, pero tras dar con ellas en una de las cajas del garaje se las dio a Nash.

—Tendrás que ponerlas tú. Sé que aspecto tiene una batería de coche pero si utilizo estas cosas seguro que me electrocuto y provoco un incendio en los dos vehículos.

—No te preocupes. Te agradezco la ayuda. ¿Seguro que no quieres que te compense echándole un vistazo a la lavadora?

—Gracias pero no. Considera esto como un servicio más del Hogar de la Serenidad.

Nash la observó durante unos segundos antes de darse la vuelta y encaminarse de nuevo a los coches aparcados. La oferta que le había hecho era muy amable pero no quería que ningún aficionado le metiera mano a su lavadora. Cuando a Marty le daba por *ayudar* terminaba por destrozar del todo algo que sólo estaba estropeado en parte. Así que ahora llamaba a los profesionales al menor atisbo de problema. Era más sencillo y a la larga más barato.

Siguió a Nash y observó cómo colocaba las pinzas en ambos vehículos.

—¿Qué te trae por Glenwood? —le preguntó mientras él se afanaba en la operación.

—He venido a visitar a la familia.

—No conozco a nadie por aquí que se llame Harmon.

—En realidad se apellidan Haynes.

—¿Los Haynes?

—¿Los conoces? —preguntó él frunciendo levemente el ceño.

—Claro. Travis Haynes es el sheriff. Y su hermano Kyle es concejal, igual que su hermana Hannah —aseguró Stephanie ladeando la cabeza—. Espera: creo que Hannah es su hermanastra. No sé la historia completa pero hay dos hermanos más. Uno es bombero y el otro vive en Fern Hill.

—Sabes mucho.

—Glenwood no es una ciudad grande. Es ese tipo de sitio en el que todos nos seguimos la pista unos a otros.

Y ésa era una de las razones por las que le gustaba la zona. Tener una posada no había sido nunca su sueño, pero si tenía que llevar un negocio de aquel tipo mejor allí que en algún lugar frío e impersonal.

Nash entró en su coche y metió la llave. El motor arrancó.

—Tienes un aire de familia a ellos —aseguró Stephanie cuando él se bajó—. ¿Eres primo suyo?

—No exactamente —respondió Nash quitando los cables—. No sé mucho sobre ellos. Tal vez luego podrías contarme más cosas.

Stephanie sintió un escalofrío recorriéndole la espina dorsal. Se dio cuenta de que era excitación. Estupendo. En el tiempo que se tardaba en servir un desayuno y colocar unos cables había desarrollado una atracción. Tenía treinta y tres años, ¿no debería ser inmune a aquel tipo de locura?

—Si no es mucha molestia —matizó él entregándole los cables.

—Para nada. Cuando quieras. Normalmente estoy en la cocina cuando los niños regresan del colegio.

—Gracias.

Nash sonrió. Y esta vez, a diferencia de la noche anterior, fue una sonrisa real. Le brillaron los ojos durante un instante fugaz, pero fue suficiente para que la fría niebla de la mañana pareciera menos densa.

Desde luego, le había dado fuerte. En cuanto su guapísimo y deseado huésped se fuera en su coche alquilado tendría que tener una charla consigo mismo. Encandilarse de una cara bonita había convertido su vida en un desastre. ¿De verdad quería volver a arriesgarse una segunda vez?

Era una mujer sensata con hijos y facturas. Las posibilidades que tenía de encontrar un hombre decente y responsable eran de una entre un millón. Más le valía no olvidarse.

Capítulo dos

Nash rodeó la circunvalación de Glenwood y se desvió por la carretera interestatal. Consultó su reloj y tras conducir durante veinte minutos se metió por la salida siguiente, dio la vuelta y regresó a la ciudad.

Anduvo un rato sin dirección. Lo único que quería era moverse. En cualquier momento tendría que ponerse en contacto con su hermano y enfrentarse a la reunión familiar que tenían pendiente, pero no tan pronto.

Pasados unos minutos sonó el teléfono. Nash apretó el botón de manos libres y se dispuso a hablar.

—¿Qué tal? —preguntó aunque conociera de antemano la respuesta.

—Te estoy controlando —respondió su hermano gemelo, Kevin—. ¿Me has dejado colgado a última hora o estás aquí de verdad?

—Estoy en la ciudad.

—No te creo.

Kevin parecía sorprendido. Nash también lo estaba. Aquél era el último lugar del mundo en el que se imaginaba que estaría.

25

Si hubiera tenido la oportunidad de elegir estaría en el trabajo, dedicado en cualquier cosa urgente o incluso haciendo papeleo.

—¿Qué te ha hecho cambiar de opinión? —le preguntó su hermano.

—No tuve elección. Me dijiste que moviera el trasero para venir o serías tú quien me lo moviera.

—Me alegro de que mis amenazas hayan servido de algo —aseguró Kevin soltando una carcajada—. He conocido a un par de ellos, Travis y Kyle Haynes.

Sus hermanastros. Familia que antes no sabía ni que existía. A Nash le costaba todavía trabajo asimilarlo.

—¿Y qué tal?

—Fue estupendo. Existe un parecido físico que no me esperaba. Nuestro padre tenía unos genes muy poderosos. Somos más o menos de la misma estatura y corpulencia, y todos tenemos el cabello y los ojos oscuros.

Alguien dijo algo al fondo que Nash no entendió.

—Dice Haley que te diga que son todos muy guapos —aseguró Kevin con una carcajada—. Yo no me había dado cuenta. Eso es cosa de chicas.

¿Haley? Antes de que Nash pudiera decir nada su hermano siguió hablando.

—Hemos quedado para cenar mañana.

Irán todos los hermanos con sus mujeres y sus hijos. Gage está aquí.

Gage y Quinn Reynolds habían sido los mejores amigos de Nash y su gemelo desde tiempos inmemoriales. Habían crecido juntos. Tres semanas atrás Nash había descubierto que Gage y Quinn compartían padre biológico con ellos.

—Hace dos años que no veo a Gage —dijo Nash—. ¿Qué tal está?

—Está prometido. Va a casarse. Vendrá mañana a la cena —dijo Kevin—. Tú también, ¿verdad?

—Para eso he venido.

Para conocer a su nueva familia. Para tratar de implicarse en algo que no fuera el trabajo. Tal vez para encontrar la manera de volver a sentir.

¿Sería aquello posible o estaría pidiendo la luna?

No quería pensar en ello así que decidió cambiar de tema.

—¿Qué tal la pierna?

—Bien. Curándose.

Su hermano había resultado herido estando de servicio. Era oficial y tuvo la mala suerte de encontrarse en el interior de una prisión cuando tuvo lugar un motín.

—Ojalá te quede marca —bromeó Nash—. A las mujeres les encantan las cicatrices provocadas por heridas de bala. Conociéndote, seguro que lo utilizarás como una ventaja.

—Tiene gracia que digas eso —dijo Kevin aclarándose la garganta—. Tendría que habértelo dicho antes pero estabas fuera en una misión. Lo cierto es que he conocido a alguien...

—¿Haley? —preguntó su hermano recordando la voz femenina que había oído antes.

—Sí. Es... es una mujer increíble. Nos vamos a casar.

El compromiso de Gage había sido una sorpresa, pero el de Kevin lo dejó completamente sin palabras. Siguió conduciendo en silencio porque no se le ocurría absolutamente nada que decir.

—¿Quieres conocerla? —le preguntó Kevin—. Estamos en un hotelito aquí en el centro de la ciudad.

—Claro. Voy para allá.

—Tú debes de ser Nash —le dijo una joven rubia con ojos de cervatillo tendiéndole la mano—. Vaya, eres alto, igual que Kevin, y también muy guapo, aunque no os parezcáis mucho. ¿Qué pasa con vuestros genes? —preguntó arrugando la nariz—. ¿Ninguno de vosotros es gordo o al menos poco atractivo?

Kevin agarró a su prometida del brazo y

la besó con fuerza en la mejilla.

—Haley siempre dice lo que piensa. Ya te acostumbrarás.

—Felicidades por vuestro compromiso —dijo Nash tomando asiento en el sofá de la suite—. Si Kevin no ha sido completamente sincero respecto a su pasado me encantará entrar en detalles.

—¡Vaya, historias de cuando Kevin era malo! —exclamó Haley riéndose a carcajadas—. Me ha contado algunas cosillas, pero nada de mujeres. ¿Cuántas ha habido? ¿Cientos? ¿Miles?

—Sabes todas las cosas importantes —aseguró Kevin removiéndose intranquilo en la silla—. Te quiero y deseo pasar el resto de mi vida contigo.

—¿Verdad que es el mejor? —dijo ella sentándose a su lado y tomándolo de la mano—. Estoy deseando casarme con él. Por cierto, Nash, ¿tú sales con alguien?

—Creo que ya has asustado a mi hermano lo suficiente —dijo Kevin poniéndose en pie y ayudándola a levantarse—. Vamos, entra en el dormitorio. Yo iré enseguida.

—¿He dicho algo malo? —preguntó Haley haciendo a continuación un gesto con la mano para quitarle importancia al asunto—. Bueno, voy a planear la boda. La gran boda.

—Que te diviertas —le gritó Kevin antes de verla desaparecer por la puerta—. Es una chica estupenda —aseguró antes de tomar asiento al lado de su hermano—. Es inteligente, divertida y generosa. No sé cómo lo hace, pero me resulta facilísimo amarla.

¿Habría sido aquél el problema?, se preguntó Nash. ¿Le había resultado difícil amar a Tina? ¿Se habría interpuesto el trabajo entre ellos?

—Bueno, basta de hablar de mí —dijo Kevin—. ¿Qué tal estás tú? Pensé que sería imposible sacarte del trabajo.

Nash se encogió de hombros en lugar de admitir que no había sido idea suya tomarse en aquel momento vacaciones.

—Pues aquí estoy, totalmente dispuesto a conocer a la familia.

—Sí, claro —dijo su hermano poniéndose de pronto muy serio—. Siempre has sido muy callado, pero desde la muerte de Tina lo has estado mucho más. ¿Crees que lo vas superando?

Nash nunca había estado dispuesto a reconocer lo que sentía por la muerte de su esposa, así que tampoco sabía si lo había superado o no. Así que dijo lo que le pareció más fácil.

—Claro. Estoy muy bien.

—Sigues culpándote —aseguró Kevin sacudiendo la cabeza—. No fue culpa tuya.

—¿Entonces, de quién?

—Tal vez de nadie. Tal vez sencillamente ocurrió.

—Yo no veo las cosas así.

—No puedes controlarlo todo.

Nash lo sabía. Descubrirlo había sido una de las razones por las que había dejado de dormir, de comer, de vivir. Pero aquel conocimiento no había servido para cambiar las cosas.

—Háblame de la familia Haynes —dijo para cambiar de tema.

Kevin se lo quedó mirando unos segundos y luego asintió con la cabeza, como si estuviera de acuerdo con aquella táctica.

—Los dos que he conocido son buenos tipos. Están tan sorprendidos con todo esto como nosotros, pero se han mostrado muy amables —aseguró Kevin sonriendo—. Son todos policías.

—Estás de broma —dijo Nash, que sabía que había cuatro hermanos y una hermana.

—No. Lo son todos —respondió su hermano con una carcajada—. No, espera. Uno de ellos se rebeló. Es bombero.

No era lo mismo que policía pero se le acercaba bastante. Kevin era oficial del ejército, Gage sheriff y Nash trabajaba para el FBI.

—Lo llevamos en la sangre —murmuró Nash.

—He estado con Gage —continuó Kevin—. Los conocemos a él y a Quinn de toda la vida, hemos crecido juntos, jugado juntos... Me cuesta trabajo aceptar que siempre hemos sido hermanos.

—Actuábamos como tales —aseguró Nash—. Pero estoy de acuerdo contigo. Pensábamos que éramos buenos amigos y punto.

—La cena de mañana será en el zoo —comentó su hermano—. Los chicos, las mujeres y sus hijos. Intentaré organizar una comida sólo para algunos hermanos, ¿te apetece?

—Claro —respondió Nash, al que no le gustaban las multitudes.

—Aquí hay habitaciones libres —dijo Kevin—. ¿Quieres mudarte?

—Estoy bien donde estoy.

—¿Seguro?

Nash sabía que su hermano estaba pensando que evitaba tener contacto con el mundo, pero no se trataba de eso. Si Kevin insistía le diría que era un rollo hacer y deshacer maletas. Era mentira, pero así se lo sacaría de encima. La verdad era otra. Por primera vez desde hacía dos años había sentido una chispa de interés por algo que no fuera el trabajo. Era consciente de que el deseo sexual y sus necesidades físicas no significaban nada, pero le había despertado la curiosidad lo suficiente como para quedarse por ahí a ver qué pasaba después.

Cuando Nash puso el pie en el amplio vestíbulo del Hogar de la Serenidad tuvo un instante de vacilación. No estaba muy seguro de qué hacer el resto del día. Por muchas ganas que tuviera de llamar a la oficina sabía que era demasiado pronto. Eso sólo serviría para demostrarle a su jefe que tenía razón.

Entró en el comedor y luego en la cocina. Nada. Luego caminó por el pasillo y agudizó el oído. Silencio. Una rápida ojeada al garaje le confirmó lo que sospechaba. Estaba solo.

En busca de algo con lo que distraerse, se dirigió a la parte trasera de la casa. En el lavadero encontró la lavadora, que seguía desmontada en piezas. Nash agarró el manual y se sentó en el suelo a estudiarlo.

Una horas más tarde había encontrado el problema y, al parecer, había conseguido solucionarlo. Cuando estaba montando de nuevo la máquina escuchó cómo se cerraba la puerta de la calle. Se le cayó al suelo la herramienta que tenía en la mano. Se dio la vuelta al escuchar el sonido de unos pasos acercándose, pero en lugar de la rubia menuda que esperaba entró por la puerta un chico de unos doce años.

Nash recordaba que los otros dos eran gemelos idénticos, así que aquél debía de ser el mayor.

—Hola —lo saludó con una sonrisa.

El chico no se la devolvió. Se cruzó de brazos y entornó los ojos sin dejar de estudiar a Nash.

—Usted no es el técnico.

—Tienes razón. Soy Nash Harmon. Me alojo en la posada —dijo tendiéndole la mano, que previamente se había limpiado con un trapo.

—Brett Wynne —se presentó el chico tras vacilar unos instantes antes de estrecharle la mano—. ¿Qué estás haciendo con la lavadora? Si la rompes mamá se pondrá como loca y tendrás que pagar la reparación.

—Creo que más bien la he arreglado —aseguró Nash—. Pero ahora tengo que volver a montarla. Sólo me faltan algunas piezas. ¿Quieres ayudarme?

—Sí —se apresuró a responder Brett con buen ánimo—. Bueno, la verdad es que no tengo nada mejor que hacer —rectificó de inmediato encogiéndose de hombros.

—Aprieta donde yo te diga —le pidió Nash haciéndole entrega de una llave inglesa.

Quince minutos más tarde la lavadora estaba casi montada.

—Se te da muy bien la mecánica —alabó Nash a muchacho—. Manejas muy bien las herramientas.

—Ya lo sé —respondió Brett tratando de aparentar indiferencia.

En aquel momento alguien carraspeó. Nash miró por encima del hombro y se encontró con Stephanie en el umbral del lavadero. Los gemelos estaban justos detrás de ella, uno a cada lado. No parecía muy contenta.

—Sé que quiere ayudar, señor Harmon, pero esto no es cosa suya.

Antes de que Nash pudiera decir nada Brett se puso de pie.

—No pasa nada, mamá. Creo que la hemos arreglado. Podemos probarla ahora a ver qué pasa.

—Brett, la lavadora no es un juguete —aseguró su madre frunciendo el ceño.

—Me alegro —intervino Nash incorporándose también—. Porque yo no estaba jugando.

Capítulo tres

Aquel hombre era tan alto que Stephanie tuvo que echar la cabeza ligeramente hacia atrás para mirarlo a los ojos. Cuando sus miradas se cruzaron se convenció de que ni un terremoto bastaría para romper aquella conexión entre ellos.

¿En qué se basaba aquella atracción? ¿En su inmejorable aspecto físico? ¿En la sombra de tristeza que cruzaba por su rostro cuando sonreía? ¿En aquel cuerpo ligeramente musculado? ¿En la falta de sexo? ¿En aquella voz?

«Yo no estaba jugando». Stephanie sabía a qué se refería con aquellas palabras. No estaba jugando al técnico en reparaciones. Sólo quería ayudar. Pero ella deseó que hubiera querido decir otra cosa. Deseó que hubiera querido decir que la encontraba sexy, misteriosa y que para él era una fantasía irresistible. Deseó que hubiera querido decir que no estaba jugando con ella.

Sí, claro. Y con ayuda del genio de la lámpara conseguiría también que toda la pila de ropa sucia se lavara y se planchara sola.

—Dime qué es exactamente lo que has hecho —le pidió a Nash—. Así podré decírselo al técnico cuando venga.

—Hay un modo mejor de demostrártelo —aseguró él acercándose a la lavadora.

Stephanie y Brett observaron cómo cerraba la tapa y giraba la rueda del programa. Tras un segundo de silencio sonó un clic. Y luego, asombrosamente la vieja máquina cobró vida y se escuchó el sonido de agua deslizándose por las tuberías.

—No puedo creerlo —musitó Stephanie entre dientes—. Funciona.

—Tengo hambre, mamá —dijo Adam, uno de los gemelos, tirándole de la camisa—. Quiero merendar.

—Yo también —lo secundó su hermano Jason.

—Esperadme en la cocina —les pidió ella girándose hacia Nash—. No sé cómo agradecértelo. Por supuesto, te lo descontaré del precio de la habitación. La última vez que vino el técnico me cobró cien dólares.

—Olvídalo —contestó Nash agachándose a recoger las herramientas—. Si quieres agradecérmelo invítame a merendar.

—Por supuesto. ¿Te apetecen unas galletas caseras y una taza de café?

—Suena estupendo —aseguró él cerrando la caja de las herramientas.

—Te lo llevaré al comedor en cinco minutos.

Stephanie se metió en la cocina. Todas y cada una de las células de su cuerpo estaban alerta tras aquel encuentro. ¿Quemaría calorías la atracción sexual? Eso sería estupendo.

Puso una cafetera al fuego y tras ponerles a los niños unos vasos de leche con galletas y fruta llevó una bandeja con el café y las galletas recién hechas al comedor.

Nash estaba sentado frente a la ventana mirando a la calle. Cuando la oyó entrar giró muy despacio la cabeza y alzó las cejas.

Stephanie se aclaró la garganta y pensó en algo que decir. Pero no se le ocurrió nada.

—Debes de echar de menos a tu familia de Chicago —dijo finalmente.

—No tengo a nadie allí. No estoy casado.

«Un cero a favor de mis hormonas», pensó Stephanie tratando de disimular el alivio que sentía.

—Muy bien —dijo aspirando con fuerza el aire—. Puedes decirme que no. Es una locura completa y no debería ni preguntártelo. ¿Por qué ibas a querer? —preguntó negando con la cabeza—. Olvídalo.

—¿Me has preguntado algo y yo no me he enterado? —dijo Nash parpadeando.

—Creo que no —reconoció ella yendo hacia la cocina—. Estoy con los niños en la cocina y... y eres bienvenido si quieres reunirte con nosotros.

Nash pareció sorprendido y desde luego nada cómodo con la idea. Por supuesto. Era un hombre de éxito, sensual y soltero. Los hombres así no se mezclaban con madres solteras con tres hijos.

Stephanie sintió cómo se le subían los colores.

—No importa —dijo con firmeza—. Ha sido una estupidez sugerírtelo.

Se giró para dirigirse a la puerta de la cocina pero antes de que hubiera dado dos pasos Nash la llamó.

—Me gustaría estar con vosotros —le dijo con una sonrisa—. Será divertido.

Ella sintió cómo sus órganos internos hacían un movimiento sincronizado. Ahora que había aceptado sentía que era una estupidez de invitación pero era demasiado tarde para echarse atrás.

—Adelante —dijo haciéndole un gesto con la cabeza en dirección a la cocina mientras le llevaba la bandeja.

—Las galletas estaban muy buenas —aseguró Nash después de merendar y que los chicos hubieran salido de la cocina.

—Gracias. No te diré toda la mantequilla que tienen.

—Te lo agradezco.

Nash agarró su plato y lo llevó al fregadero, lo que fue para ella toda una sorpresa. Y luego, antes de que pudiera decir nada, abrió el grifo y empezó a enjuagarlo.

Stephanie estuvo a punto de frotarse los ojos. Seguro que estaba siendo víctima de una alucinación. ¿Un hombre trabajando? Aquello era algo desconocido para ella.

—No tienes por qué hacerlo —dijo tratando de no aparentar demasiada sorpresa.

—No me importa ayudar.

Mientras hablaba recogió los platos de los chicos, los enjuagó y los metió en el lavavajillas. Stephanie seguía sin dar crédito. Marty ni siquiera sabía dónde estaba aquel electrodoméstico, ni mucho menos para qué se utilizaba. Stephanie sólo volvió en sí cuando vio que Nash iba en busca de los vasos.

—Oye, yo soy la que cobra por hacer este trabajo, no tú —dijo dando un paso adelante para quitarle el vaso.

Sus dedos se rozaron. Sólo durante un segundo, pero aquello fue suficiente. Stephanie no sólo escuchó campanillas sino que además habría jurado que vio saltar las chispas entre ellos. Cielo santo. Chispas. No pensaba que ese tipo de cosas ocurrían después de cumplir los treinta.

Nash la miró. Sus ojos oscuros brillaban

con lo que a ella le hubiera gusta que fuera el fuego de la pasión, aunque seguramente se trataría del reflejo de la lámpara. Sintió un escalofrío de deseo que le puso la piel de gallina y provocó en ella las ganas de lanzarse a sus brazos y besarlo durante al menos seis horas antes de hacer el amor con él hasta la extenuación. Allí mismo, en la cocina.

Stephanie tragó saliva y dio un paso atrás. Algo no iba bien en su interior ¿Se trataría de la alergia? ¿Demasiada televisión? ¿Demasiado poca? Se sentía húmeda y suave. Se sentía inquieta. Todo aquello le resultaba tan poco habitual, tan inesperado y tan intenso… que sería gracioso si no estuviera tan aterrorizada.

Capítulo cuatro

Nash se quedó a cenar con ellos. Stephanie no tenía la menor idea de por qué, ni tampoco fue capaz de decidir si aquello era algo malo o algo bueno. Era un hombre agradable, los gemelos parecían adorarlo y a Brett también le caía bien aunque procurara disimularlo. Ella agradecía la oportunidad de conversar con un adulto para variar. Así que tendría que estar contenta con la situación.

Pero no entendía qué buscaba Nash. ¿Por qué un hombre inteligente y atractivo querría pasar el rato con ella y con sus hijos? ¿Por qué no se había retirada a la tranquilidad y la intimidad de su habitación o por qué no había salido a cenar?

—Ya hemos terminado —dijo Brett.

Stephanie se dio la vuelta y vio que la mesa estaba totalmente recogida y los platos descansaban en el fregadero.

—Buen trabajo —aseguró su madre—. ¿Habéis hecho los deberes?

Tres cabezas asintieron firmemente.

—Entonces supongo que esta noche podéis ver un poco la televisión —concluyó ella con una sonrisa.

—¡Bien!

Brett golpeó el aire con el puño. Los gemelos salieron corriendo de la cocina. Stephanie escuchó sus pasos en el suelo de madera y supo hacia dónde se dirigían.

—Quietos —les gritó—. Tenemos un huésped. Ved la televisión de arriba.

—¿Por qué? —preguntó Nash desde el rincón de la encimera en que se había apoyado.

Stephanie se giró hacia él tratando de ignorar el constante impacto sexual que le suponía su presencia. No sólo no quería hacer el ridículo, sino que además su hijo mayor seguía en la cocina.

—La televisión de abajo es para los clientes.

Nash le dedicó una sonrisa lenta y sensual capaz de derretir todo el hielo del Polo Norte.

—No soy muy de televisión. A mi no me importa, si no te importa a ti.

Stephanie decidió no discutir aquel punto. Si el hombre quería ser generoso, sus hijos estarían encantados.

—Al parecer hoy es vuestro día de suerte —dijo sonriendo a Brett—. Ve a decírselo a tus hermanos. Pero no la pongáis muy alta.

Brett compuso una mueca y salió corriendo por el pasillo.

—¡Podemos verla aquí! —gritó.

—Los placeres sencillos —dijo Stephanie girándose hacia el fregadero—. Si la vida siguiera siendo tan fácil después…

—Las complicaciones vienen con la edad adulta —aseguró él acercándose también al fregadero y agarrando los platos.

—¿Quién te ha entrenado para esto? —preguntó Stephanie al verlo utilizar el estropajo para limpiar las manchas más arraigadas—. La mayoría de los hombres no se manejan con tanta desenvoltura en la cocina.

—Estuve casado durante algún tiempo —respondió él abriendo el lavaplatos—, pero la mayor parte de mi entrenamiento, como tú lo llamas, lo recibí de pequeño. Mi madre trabajaba muchas horas y llegaba a casa agotada, así que aprendí a echarle una mano.

—Perdona que te lo pregunte, pero… ¿qué ocurrió con tu matrimonio? —preguntó Stephanie tras aclararse la garganta.

—Tina falleció hace un par de años —respondió él colocando los tres últimos vasos en el lavaplatos.

—Lo siento.

Las palabras le salieron solas. Nash debía de tener unos treinta y pocos años, lo que significaba que su mujer sería más o menos de la misma edad. ¿Qué podría haberse llevado a una mujer tan joven? ¿Un cáncer?

¿Un conductor borracho?

—¿Qué te trajo a Glenwood? —le preguntó Nash—. ¿O eres de aquí?

Aquel cambio de tema tan mal disimulado disipó de un plumazo sus dudas sobre preguntarle algo al respecto.

—La suerte —contestó Stephanie—. Siempre estábamos de aquí para allá. Marty, mi marido, quería vivir en todos lo sitios divertidos que pudieran existir.

Aquello no era exactamente verdad, pensó con tristeza. Aquélla era la versión edulcorada de su matrimonio, la que le contaba a la gente, especialmente a sus hijos.

—Pasamos ocho meses viviendo en el bosque y casi un año trabajando en una granja. También pasamos un verano entero en un banco de pesca y un invierno en un faro.

—¿Con los niños? —preguntó Nash cruzándose de brazos y apoyándose contra la encimera.

—Para ellos fue una experiencia inolvidable —aseguró ella tratando de aparentar entusiasmo—. Guardan muy buenos recuerdos.

Todos buenos. Stephanie había hecho lo imposible para que así fuera. Ella tenía su propia opinión respecto a su marido, pero quería que los niños recordaran a su padre con amor y con alegría.

—Yo les daba clases en casa. Brett aprobó el tercer curso porque es muy inteligente. Pero Marty y yo estábamos preocupados por la socialización. Sabíamos que había llegado el momento de instalarse.

Las cosas no habían sido exactamente así, recordó. Marty quería seguir viajando pero ella deseaba instalarse. Incluso lo amenazó con abandonarlo si no lo hacían. El invierno anterior Adam tuvo una fiebre de más de cuarenta grados mientras estaban atrapados en aquel dichoso faro en medio de una tormenta y sin modo alguno de llegar a tierra para buscar un médico. Stephanie vivió un infierno durante treinta y seis horas, preguntándose si su hijo moriría. En las oscuras horas anteriores al alba, justo antes de que la fiebre remitiera, prometió que ya no seguiría viviendo de aquel modo.

—El día que llegamos a Glenwood nos enteramos de que habíamos heredado. Nos enamoramos de la ciudad al mismo tiempo que supimos que teníamos dinero suficiente para comprar una casa e instalarnos —aseguró con una sonrisa algo forzada—. Este lugar estaba en venta y no pudimos resistirnos. Era la oportunidad perfecta para tener un hogar que fuera al mismo tiempo un negocio.

—Has hecho un buen trabajo aquí —dijo

Nash echándole un vistazo a la cocina reformada.

—Gracias.

Lo que no le contó fue que la antigua mansión victoriana estaba hipotecada. Tampoco le mencionó las peleas que tuvo con Marty. Tenían dinero suficiente como para comprar una casa normal a las afueras en lugar de aquélla, pero a él le pareció demasiado aburrido. Y como la herencia provenía de la familia de su marido no se vio con la fuerza moral de insistir.

—Todo llegó junto —continuó explicando Stephanie—. Comenzamos las obras para llevar a cabo la reforma y los niños empezaron el colegio. Estábamos integrándonos en la comunidad cuando Marty murió.

—Así que ha pasado bastante tiempo —comentó Nash mirándola con intensidad.

—Casi tres años. Marty murió en un accidente de tráfico.

—Y te dejó sola con tres hijos. Debió de ser muy duro.

Ella asintió lentamente porque aquello era lo que se suponía que debía hacer. Por supuesto que no le deseaba la muerte a su marido, pero para cuando murió ya hacía mucho tiempo que no sentía amor hacia él. Sólo le quedaba un sentimiento de responsabilidad.

—Brett fue el que más lo lamentó —continuó diciendo—. Los gemelos tenían sólo cinco años. Les queda algún recuerdo vago y Brett les cuenta historias pero no es mucho. Ojalá tuvieran algo más.

—Lo estás haciendo muy bien con ellos —aseguró Nash dando un paso hacia ella—. Son unos chicos estupendos.

Fue sólo un paso, pero Stephanie se quedó momentáneamente sin respiración, como si acabara de subir una montaña. Ahora él estaba más cerca. Mucho más cerca. De pronto el ambiente se hizo más denso y tuvo la sensación de que el aire se negaba a entrar en sus pulmones. Tenía calor, estaba temblando y sentía que la situación se le iba de las manos.

Los ojos de Nash se oscurecieron y ella se dijo que se trataba de un efecto de la luz, nada más. Tenía que ser eso, porque pensar que Nash sintiera la misma atracción sexual hacia ella era más de lo que podía desear. También era algo imposible.

Stephanie quería arrojarse a sus brazos y rogarle que la besara. Quería quitarse la camisa y el sujetador, desnudar sus pechos. Eso lo dejaría mudo de asombro, y entonces...

—No quiero entretenerte más —dijo finalmente.

Aquello era lo más sensato que podía decir. Lo más adecuado. Y lo que más la decepcionó cuando él asintió con la cabeza.

—Te veré por la mañana —se despidió Nash sonriéndole.

Y salió de la cocina. Stephanie se permitió el lujo de echarle una última mirada a su trasero. Luego agarró una silla y se dejó caer encima de ella.

Tenía que controlarse. Sí, era muy agradable sentir aquella atracción. Los escalofríos le recordaban que no estaba muerta todavía. Pero esos mensajes deliciosos y aparentemente inofensivos no escondían el hecho de que los hombres no traían más que problemas. Por supuesto, había oído rumores de que existían machos de la especie humana que ayudaban, eran responsables e incluso se comportaban como compañeros en ocasiones. Pero ella no había conocido nunca a ninguno. ¿Y qué posibilidades tenía de encontrar uno así a aquellas alturas de su vida?

—¿Ya se ha ido?

Stephanie se dio la vuelta y vio a Brett entrando en la cocina.

—Supongo que te refieres a Nash —dijo—. Se ha ido a su habitación.

—¿Qué hace este tipo por aquí? —preguntó su hijo sentándose a su lado.

¿Por qué le preguntaba Brett aquello? ¿Sentiría que Nash era una amenaza? Stephanie no había salido nunca con nadie desde que Marty murió. Tal vez tener a un hombre alrededor lo hiciera sentirse como si alguien intentara remplazar a su padre.

—Nash es sólo un huésped —aseguró tratando de restarle importancia—. Lo que significa que vive en otro sitio y que se marchará dentro de un par de semanas. Y mientras tanto es una persona agradable, recoge sus cosas y a mí me gusta tener una persona adulta con la que poder hablar. Nada más. ¿De acuerdo?

—¿Sigues echando de menos a papá? —le preguntó el chico mirándola a los ojos.

Stephanie observó los ojos azules de su hijo y la forma de su boca, que era idéntica a la de Marty,

—Por supuesto. Claro que sí. Yo lo quería mucho.

Brett asintió con la cabeza, como si se sintiera aliviado.

Stephanie se dijo a sí misma que mentir en aquellas circunstancias no estaba mal. Su primera responsabilidad era que sus hijos vivieran en un mundo lo más estable y seguro posible. Una pequeña mancha en su conciencia era un precio muy pequeño.

Capítulo 5

Nash salió de la cafetería después de almorzar y se dirigió a la posada. Le había gustado mucho conocer a sus hermanastros. Lo primero que le llamó la atención al ver a los cuatro hombres era el extraordinario parecido físico que guardaban con él y con Kevin. Eran muy agradables, pero se había sentido un poco abrumado cuando le hablaron de sus familias. Todos tenían muchos hijos, sobre todo niñas. El más pequeño de ellos, Kyle, tenía nada menos que cinco. Cinco hijos. Aquello le parecía excesivo.

Nash nunca había dedicado mucho tiempo a pensar si quería tener hijos. Cuando se casó con Tina quiso esperar un tiempo antes de formar una familia. Su mujer lo había presionado, pero él no quiso saber nada. Al menos hasta que las cosas entre ellos estuvieran más estables. Daba por hecho que habría niños en un futuro pero se le aparecían como sombras lejanas que jugaban en un parque, no como gente real. No como los hijos de Stephanie. Parecían muy buenos chicos los tres, cada uno en su estilo, aunque estaba claro que el mayor no terminaba de aceptarlo del todo. Y en cuanto a Stephanie…

Más le valía no seguir por aquel camino, se dijo. Durante toda la noche había tenido sueños eróticos con la dueña de la posada. No recordaba la última vez que se había despertado con semejante erección. Seguramente fue durante la adolescencia, cuando tenía las hormonas revolucionadas. Por aquel entonces tenía muchos deseos pero muy poco conocimiento de lo que se suponía que tenía que pasar entre un hombre y una mujer. Ahora sabía exactamente lo que quería hacer, y eso sería lo que le haría a Stephanie si tuviera la oportunidad de estar con ella en la cama.

Nash sonrió al darse cuenta de que la cama no era absolutamente necesaria. En sus sueños había sido bastante creativo. Recordaba con claridad cómo la había acorralado contra la pared. Ella le enredó las piernas desnudas alrededor y…

Nash gimió levemente al sentir la presión y el calor agolpándosele en la entrepierna. Trató de concentrarse en la conducción para evitar llegar a la posada con una erección del tamaño de Argentina.

Y funcionó. Cuando aparcó delante de la mansión victoriana ya no estaba erecto aunque todavía sentía una cierta tensión. La experiencia le demostraba que aquello también pasaría… al menos momentáneamente.

Se bajó del coche de alquiler y se encaminó hacia la posada. Mientras recorría el sendero escuchó ruidos que salían de la antigua casa del guarda, que estaba situada al lado de la mansión principal.

Nash cambió de dirección. Cuando llegó a la casa del guarda comprobó que el ruido provenía de una canción de la radio. La música lo llevó hasta un salón que tenía todo el aspecto de estar en obras. Stephanie estaba de pie cerca de una puerta con una lija en cada mano. En ese momento estaba intentando llegar a un lugar que quedaba muy por encima de su cabeza. Al alzar los brazos se le alzó la camiseta, dejando al descubierto una parte de su vientre. La entrepierna de Nash cobró vida al instante. ¿Qué le pasaba con el vientre de aquella mujer? ¿Por qué no encontraba igual de eróticos sus pechos, o incluso sus piernas?

—Necesitas una escalera —dijo Nash con naturalidad.

Ella dio un respingo y luego se dio la vuelta para mirarlo.

—El próximo día que vaya al hipermercado te juro que me voy a acercar a la sección de mascotas y te voy a comprar un collar con un cencerro.

—Me quedaría grande.

—Pues te lo pondré alrededor de la cintura.

—Para eso tendrás que someterme primero.

Lo había dicho a modo de broma, pero al pronunciar aquellas palabras le brillaron los ojos y una especie de fuerza le marcó las facciones. En la estancia se creó un momento de tensión.

Por lo visto él no era el único en sentir aquella atracción, pensó Nash satisfecho. Aunque aquella información no le servía de nada. Stephanie era una madre sola con tres niños, lo que significaba que no andaría en busca de pasar un buen rato sin compromiso.

Tal vez Nash la deseara, pero de ninguna manera se aprovecharía de ella. Había crecido con una madre soltera y sabía lo dura que podía ser la vida. Él no estaba allí para crear más problemas.

Nash ignoró la tensión del momento y el deseo que flotaba entre ellos y señaló las paredes desnudas.

—¿Ésta va a ser la suite presidencial del Hogar de la Serenidad?

Stephanie parpadeó lentamente, como si acabara de salir de un estado de trance.

—¿Cómo? Ah, no. Es para los niños y para mí —aseguró girándose para lijar el marco de la puerta—. Ése era al plan original. Cuando Marty y yo compramos la casa queríamos arreglar este sitio e instalarnos aquí. Así tendríamos más habitaciones para alquilar. Pero cuando él murió el proyecto quedó aparcado. Espero tenerlo terminado para mediados de verano.

Nash la observó mientras trabajaba durante treinta segundos. Cuando alzó los brazos para tratar de llegar a la parte superior del marco, la fugaz visión de su vientre lo golpeó como un puñetazo.

—Ve a lijar algo más cercano al suelo —murmuró entre dientes agarrando un trozo de lija—. No eres lo suficientemente alta. Yo lo haré.

—Soy perfectamente capaz de hacerlo yo misma —respondió Stephanie entornando los ojos.

—Sin una escalera, no —insistió él agarrándola suavemente de los brazos para apartarla y tratando de no dejarse llevar por el aroma a mujer que desprendía.

—No puedo permitirlo —dijo Stephanie—. Eres un huésped.

—Y estoy aburrido y descansado. Necesito hacer algo.

—Claro —respondió ella soltando una carcajada—. Qué tonta soy. Soy yo la que te está haciendo a ti el favor al dejar que me ayudes. ¿Cómo no me he dado cuenta antes?

—No lo sé. A mí me extraña.

Nash la miró de reojo. Tenía la barbilla levantada en gesto desafiante y los brazos en jarras, como dispuesta a librar batalla.

—Dame las gracias y déjalo estar —le pidió.

—Pero yo... Gracias, Nash —dijo Stephanie exhalando un suspiro—. Te agradezco la ayuda.

Él le sonrió antes de ponerse manos a la obra. Bajo los jirones de papel pintado había una madera preciosa muy bien conservada.

—Quienquiera que construyera esto sabía lo que hacía —aseguró—. Tiene unos materiales magníficos y está muy bien construida.

Stephanie se dispuso a lijar el suelo mientras él trataba de concentrarse en el trabajo. Al estar colocada de rodillas, el trasero se le levantaba hacia arriba. Nash no pudo evitar quedarse absorto mirándola.

—¿Qué pasa? —preguntó ella alzando la vista—. ¿No lo estoy haciendo bien?

—Sí. Lo estás haciendo estupendamente.

—Me estás mirando.

Nash no podía discutirle aquel punto.

—¿Quieres que trabaje con los ojos cerrados?

—¿Estoy horrorosa? —preguntó Stephanie pasándose la mano por la mejilla con la mano libre.

—Eso es imposible.

Ella abrió los ojos de par en par y se sonrojó. Luego bajó la cabeza y siguió lijando con movimientos cortos y enérgicos.

—Un gran cumplido —murmuró—. No me importaría tenerlo escrito en un cojín para leerlo en los días malos.

La tensión había regresado, y con una fuerza que iba más allá del deseo de hacer el amor. Nash quería acariciarla y abrazarla, conectar con ella.

¿De dónde demonios había sacado aquella idea? Nash frunció el ceño y siguió trabajando. Nada de conectar. Nada de relaciones. Nada de emociones confusas. Nada de desastres.

—Hoy he quedado con mi hermano Kevin para conocer a dos de mis hermanastros, Travis y Kyle Haynes —dijo Nash cambiando de tema radicalmente.

—¿Y qué tal ha ido? —preguntó ella aclarándose la garganta—. No puedo imaginar qué se siente al descubrir de pronto que uno tiene una familia de la que no había oído hablar. Cuando me mudé a vivir a Glenwood escuché muchas historias sobre Earl Haynes y sus hermanos. Tenían fama de rompecorazones. Pero por lo que sé sus hijos han resultado ser unos hombres excelentes. Creo que alguna de las niñas está en clase de mis gemelos.

—Imposible saber cuál de ellas. Son tantas...

—Yo quiero muchísimo a mis hijos, pero no me hubiera importado tener también una niña —reconoció Stephanie—. Echo de menos cosas como los lazos y los vestidos.

—Todavía puede ocurrir.

—¿Acaso has visto al Espíritu Santo revoloteando por aquí? —preguntó ella con una mueca—. No hay ninguna posibilidad de que vuelva a casarme de nuevo, así que las posibilidades de tener otro hijo se reducen drásticamente.

Nash sintió cómo aquellas palabras se le clavaban como cuchillos. Hasta el momento había disfrutado de la conversación, pero ahora sólo tenía ganas de salir corriendo de allí. Se dispuso a lijar de nuevo. «Tranquilízate», se dijo. La negativa de Stephanie a volver a casarse no tenía por qué afectarlo a él. Ni lo más mínimo.

—Debiste de quererlo mucho —dijo en medio del silencio,

—¿Cómo? ¿A quién?

—a tu marido. No quieres volver a casarte porque lo quisiste mucho.

Stephanie parpadeó varias veces y luego comenzó a lijar a toda prisa los azulejos. Y de pronto se incorporó bruscamente.

—Mira: tengo muchas razones para no querer volver a casarme, pero ninguna de ellas es que quisiera mucho a Marty —aseguró—. Sé que suena horrible pero es la verdad.

Nash no supo qué hacer con aquella información, ni tampoco comprendía por qué había desaparecido de pronto el nudo que se le había formado en la garganta.

Hubo un momento de silencio incómodo y luego los dos empezaron a hablar al mismo tiempo.

—Adelante —le pidió Nash.

Stephanie comenzó a lijar de nuevo, pero esta vez con mucha más suavidad.

—Con tanto niño te has convertido de golpe y porrazo en tío múltiple —bromeó—. Prepárate para el ataque.

—No había pensado en ello —reconoció Nash—. Con razón la cena de hoy va a ser en una pizzería.

—Pareces tan entusiasmado como si te fueran a abrir en canal sin anestesia —aseguró ella soltando una carcajada—. ¿Va a ir toda la familia?

—Casi toda. Nuestro padre, Earl, está en Florida con su esposa número seis o siete.

Ninguno de sus hijos mantiene una buena relación con él. No está invitado a la cena. Pero el resto de los hermanos, nuestra hermanastra, los niños y las esposas estarán allí.

—Suena divertido.

Nash no estaba de acuerdo. Kevin estaba prometido, igual que Gage. Quinn, el otro soltero de la numerosa familia, todavía no había aparecido. Lo que significaba que él sería el único que iría solo.

Así había ocurrido toda su vida, pensó. Lo prefería así. Pero eso no significaba que no fuera a encontrarse incómodo.

—¿Quieres venir conmigo? —le preguntó.

Fue una invitación impulsiva, pero no la retiró.

—Podrías llevar a los niños. Dijiste que conocían a los hijos de los Haynes. Se lo pasarán bien.

Stephanie dejó a un lado la lija y se limpió las manos en los pantalones vaqueros mientras reconsideraba la invitación. No le importaba pasar un rato en compañía del protagonista de sus fantasías eróticas, pero no entendía por qué Nash quería que fueran ella y sus hijos.

—¿No es sólo para la familia?

—Demasiada familia. Así me protegerás.

Nash lo dijo con naturalidad, pero ella habría jurado que vio en sus ojos algo de tristeza y soledad.

«No te lances», se dijo a sí misma. Tenía que dejar de leer en las expresiones de Nash cosas que no estaban. Aquel hombre no estaba solo. Se encontraba perfectamente. La idea de que ello lo protegiera era risible.

—Dejaré que te comas el trozo de pizza más grande —le prometió Nash.

Stephanie tenía que admitir que sentía curiosidad por la familia Haynes. Y a los chicos les encantaría cenar en una pizzería. Y luego estaba el hecho de pasar el rato con Nash, una compañía que cada vez le resultaba más agradable.

Lo miró a los ojos y observó el modo en que sus labios se curvaban ligeramente hacia arriba en una media sonrisa. Tal vez si le decía que sí, él le acariciaría como por casualidad la mano. Tal vez se sentaran lo suficientemente juntos como para que ella pudiera hacerse una idea de cómo sería estar tumbada en la cama a su lado. Aunque en ese sentido no necesitaba mucha ayuda. Nash ya era la estrella absoluta de sus fantasías.

¿Qué tenía que perder?

—Nos encantará ir contigo —contestó—. ¿A qué hora quieres que estemos listos?

«Esto no es una cita», se recordó Stephanie

mientras se quitaba el jersey rojo para ponerse otro más de vestir. Se trataba de una velada en una pizzería, así que no había razón para sudar.

Estudió su reflejo en el espejo. El color del jersey le hacía los ojos más azules pero con aquella tela tan gruesa parecía como si no tuviera pechos. Y para complicar todavía más las cosas tenía un nudo en el estómago del tamaño de un elefante y le temblaban los dedos.

Escuchó entonces cómo llamaban a la puerta con los nudillos y después escuchó la voz de Brett llamándola.

—¿Mamá?

Stephanie se miró por última vez y se pasó la mano por el cabello corto, deseando por enésima vez en su vida ser más alta. Luego le dijo a su hijo mayor que entrara.

—¿Qué tal? —le preguntó mientras elegía unos pendientes de aro de la colección que tenía en el tocador.

—¿Por qué vamos a salir? —preguntó a su vez el chico mirándola con los brazos cruzados.

—Nash es un tipo simpático —aseguró su madre acercándose a él—, y nos ha invitado a pasar la velada con él. Acaba de descubrir que está emparentado con los hermanos Haynes. Ya sabes que son muchos, y también estarán sus esposas y sus hijos.

Stephanie bajó la voz antes de seguir hablando.

—Él no lo ha admitido claramente pero creo que quiere que vayamos porque está un poco nervioso. Pienso que quiere que seamos una ruidosa distracción. Eso creo.

Brett levantó la vista hacia ella.

—¿Sí? —le preguntó con expresión esperanzada.

—Sí.

—Se nos da muy bien meter ruido —aseguró Brett con una sonrisa.

—Yo diría que tus hermanos y tú sois unos auténticos expertos —respondió su madre apartándose el pelo de la frente.

Nash mantuvo la puerta de la pizzería abierta. Cuando Stephanie y los chicos hubieron entrado él pasó también y se paró delante del mostrador para hablar con la recepcionista.

—¿Cuántos son?

—Vamos a la fiesta de los Haynes —dijo él.

—Muy bien. Al fondo encontrará una doble puerta. No tiene pérdida. Limítese a seguir el ruido.

Capítulo seis

Nash perdió la cuenta del número de pizzas que consumió la familia Haynes. No paraban de traer más y más. Los camareros estaban constantemente rellenando los vasos con bebida. Cuando los niños pidieron por fin permiso para ir a la sala de juegos y los adultos empezaron a mover las sillas para hacer grupos pequeños, incluso los camareros parecían agotados.

Nash se había pasado la mayor parte de la velada hablando con Stephanie y con Jill, la esposa de Craig, el mayor de todos. Pero después de cenar se encontró sin darse cuenta en compañía de sus hermanos.

Hermanos. La palabra todavía lo sorprendía. ¿Cómo era posible que Kevin y él fueran parte de aquella familia y hubieran estado tantos años sin saberlo? ¿Por qué un hombre como Earl Haynes dejaba embarazada a una joven inocente de diecisiete años, la abandonaba para regresar con su familia y tuviera después unos descendientes tan sinceros, honrados y cariñosos?

Nash se acercó a la mesa de las bebidas y se sirvió otro vaso de té helado. Tras tomarse dos cervezas había decidido pasarse a la bebida sin alcohol. No lo preocupaba la conducción. Habían venido en el monovolumen de Stephanie con ella al volante. Pero tenía la impresión de que demasiada cerveza convertiría a la dueña de la posada en una tentación mayor de la que ya de por sí era. Estando sobrio la encontraba deliciosamente intrigante. Bebido tal vez la considerara irresistible. Y aquello no sería bueno para ninguno de los dos.

Le dio un sorbo a su té y miró alrededor. Sabía casi con seguridad cómo se llamaban todos los hombres pero le seguía resultando complicado emparejarlos con sus esposas y ponerles nombre a éstas. Lo de Hannah era más fácil. Era la única chica del clan Haynes y se parecía mucho físicamente a sus hermanos. Era alta, de cabello oscuro y muy atractiva. Su marido era el único hombre rubio que había en la sala. Pero a partir de ahí todo lo demás era muy complicado. ¿La esposa de Kyle era la morena gordita con los ojos marrones o la gordita de cabello castaño y ojos verdes?

—¿Te importa si recojo a los niños y nos vamos? —preguntó Stephanie apareciendo a su lado como por arte de magia—. Mañana tienen colegio y si quiero que se acuesten a una hora decente necesito marcharme ya.

—Muy bien. ¿Te ayudo?

—Sí, por favor. ¿Por qué no vas a buscar a los gemelos? Estarán juntos y obedecerán mejor. Yo iré a buscar a Brett y traeré el coche a la puerta.

Se despidieron de la familia Haynes y atravesaron el restaurante. La sala de juegos estaba al lado de la puerta. Nash vio a Jason y a Adam sentados en un banco. Adam se puso de pie al verlo pero Jason se limitó a parpadear con gesto cansado.

—Es hora de volver a casa —dijo Nash.

—Muy bien —contestó Adam.

—Estoy cansado —aseguró Jason poniéndose en pie y tendiéndole los brazos.

Nash se lo quedó mirando fijamente. Un niño pequeño alzando los brazos era un signo universal. Aunque Nash vivía en un mundo sin niños lo entendió al instante. Jason quería que lo llevara en brazos.

Nash vaciló un instante. No porque pensara que Jason pesaría mucho ni porque temiera que a Stephanie le importara. Se detuvo porque algo en su interior le advirtió que aquello podía ser un problema. No quería tener relaciones con nadie: ni con amigos, ni con las mujeres ni con niños. Las relaciones implicaban un grado de relajación que no estaba dispuesto a permitirse. El control era lo único que se interponía entre el caos él.

La confianza implícita en el gesto de Jason

lo hizo sentirse incómodo. Sólo conocía a los niños desde hacía dos días. Entonces, ¿por qué Jason estaba tan cómodo a su lado?

—Quiero que lo lleves —señaló Adam por si Nash no lo había entendido.

—Lo sé.

No parecía haber ninguna salida digna a la situación y Nash no quería montar una escena por nada. Así que se inclinó hacia delante y estrechó al niño contra su pecho. Jason le echó los brazos alrededor del cuello al instante y apoyó la cabeza en su hombro. Luego le enredó las piernecitas alrededor de la cintura.

Nash rodeó al niño con una mano para mantenerlo firme y le hizo un gesto a Adam para que echara a andar. Pero en lugar de hacerlo el pequeño de ocho años lo agarró de la mano y se apoyó contra él.

—¿Va a traer mamá el coche? —preguntó con voz somnolienta.

—Sí. Vamos.

Nash abrió camino para salir del restaurante. Brett ya los estaba esperando en la acera. Miró detenidamente a los tres y luego apartó la vista. Pero no antes de que Nash viera la hostilidad dibujada en sus ojos.

Aquel chispazo de rabia y dolor que atisbó a distinguir en el chico despertó en Nash un sentimiento conocido.

Stephanie apareció en aquel momento y lo arrancó de sus pensamientos. Luego se entretuvo acomodando a los gemelos. Cuando estaba a punto de subirse al asiento del copiloto su hermano Kevin salió del restaurante.

—¿Qué te han parecido? —le preguntó.

—Buena gente —respondió Nash mirando en dirección a la pizzería.

—Estoy de acuerdo —dijo su hermano golpeándolo cariñosamente en la espalda—. Ya nos veremos. Encantado de conocerte, Stephanie —dijo asomando la cabeza al interior del coche—. Si este tipo te da algún problema házmelo saber.

—Hasta ahora ha sido estupendo, pero si cambia de actitud te llamaré —respondió ella con una sonrisa.

—Hecho. Buenas noches.

Kevin volvió a entrar en el restaurante. Stephanie lo vio marcharse.

—Tienes una familia maravillosa —dijo—. Eres afortunado.

Nash nunca se había visto a sí mismo como un hombre de suerte, pero tal vez en aquel aspecto lo fuera.

Stephanie suspiró e hizo todo lo posible por mantener la calma.

—Brett, es muy tarde. Mañana hay colegio y te estás portando fatal. Si lo que quieres es convencerme de que no eres lo suficientemente maduro como para salir una noche entre semana, estás haciendo un trabajo excelente.

Su hijo mayor se dejó caer en la cama y se quedó mirando al techo. Desde que llegaron a casa tras cenar con Nash y su familia había permanecido callado y con gesto malhumorado. Stephanie no comprendía cuál era el problema. Por mucho que se estuviera acercando a la adolescencia, las hormonas no se alteraban en cuestión de dos horas.

—Sé que te lo has pasado bien —aseguró sentándose a su lado y colocándole una mano sobre el vientre—. He visto cómo te reías.

—No ha estado mal.

—¿Sólo eso? Pensé que había sido muy divertido.

Brett se encogió de hombros.

Stephanie empezó a masajearle la tripa, como solía hacerle cuando era pequeño y no se encontraba bien.

—No pienso marcharme hasta que me digas qué te pasa. Me quedaré aquí sentada, y puede que dentro de un rato empiece a cantar.

Brett siguió mirando al techo pero ella observó cómo sonreía ligeramente. Sus hijos pensaban que tenía una voz horrible y siempre le suplicaban que no cantara.

—¿Y si me quedo mirándote fijamente? —insistió abriendo mucho los ojos.

Brett apretó los labios pero era demasiado tarde. Primero sonrió, luego hizo una mueca y después soltó una pequeña carcajada.

—¡Deja de mirarla! —exclamó dándose la vuelta.

—Lo haré si hablas —respondió Stephanie relajándose.

El chico se giró hacia ella pero en lugar de mirarla clavó los ojos en las sábanas.

—¿Sigues queriendo a papá?

No estaba preparada para aquella pregunta. Brett no solía sacar aquel asunto con frecuencia, pero cuando lo hacía ella se sentía incómoda. Siempre optaba por una respuesta rápida en lugar de decirle la verdad, porque eso era lo que su hijo quería oír. Porque quería que su hijo recordara a sus padres como una pareja feliz.

—Por supuesto que lo sigo queriendo —respondió con dulzura—. ¿Por qué lo preguntas?

Brett se encogió de hombros.

—¿Se trata de Nash? ¿Te preocupa que haya algo entre nosotros?

El chico volvió a encogerse de hombros.

—Es un hombre amable —contestó

ella—, pero eso no significa nada. Está de vacaciones. Cuando se le terminen regresará a Chicago.

Donde aquel viudo guapo tendría seguramente docenas de mujeres elegantes y sofisticadas esperándolo. Donde no se acordaría de una madre sola con tres hijos que sentía por él una vergonzosa atracción.

—¿Te gustaría, ya sabes… salir con él?

Para ser sinceros lo que más le gustaría hacer con Nash sería quedarse, pero no era eso lo que su hijo quería saber. Dos semanas atrás le habría dicho a Brett que no tenía intención de volver a salir con ningún hombre jamás. Pero la llegada de Nash le había demostrado que su vida tenía grietas. No iba a ser tan estúpida como para arriesgarse a otro matrimonio, pero no le importaría disfrutar de vez en cuando de un poco de compañía masculina.

—No me imagino teniendo una cita con Nash —dijo con sinceridad—. Ya hace tres años que murió papá. Mis sentimientos hacia él no han cambiado pero llegará un momento en que tenga ganas de volver a salir con alguien.

—¿Por qué? —preguntó Brett con sus ojos azules llenos de lágrimas—. ¿Por qué no puedes querer sólo a papá?

—Porque ya no está —respondió Stephanie

abrazándolo—. Cuando seas un poco mayor te empezarán a gustar las chicas. Te lo prometo. Así que saldrás con ellas. Puede que incluso tengas novia. Y la querrás. ¿Seguirás queriendo entonces a tus hermanos?

—¿Qué tiene eso que ver con lo que estamos hablando? —preguntó el chico mirándola con asombro.

—Contesta a mi pregunta. ¿Los seguirás queriendo?

—Supongo que sí. Si no se ponen muy pesados...

—¿Me seguirás queriendo a mí?

—Eso seguro.

—Ahí quería llegar. El corazón humano tiene capacidad para amar a tanta gente como queramos tener en nuestras vidas. Si yo empezara a salir con alguien, mis sentimientos hacia ti, hacia los gemelos o incluso hacia papá no cambiarían. Hay sitio más que de sobra para todos.

—Pero me gusta pensar en ti al lado de papá.

—Puedes seguir pensándolo. Yo no lo dejé, cariño. Se murió. Lloramos su pérdida y seguimos queriéndolo. Eso es lo que tenemos que hacer. Pero también tenemos que vivir nuestra vida y ser felices. ¿No crees que eso es lo que le hubiera gustado a papá?

Stephanie sabía que a Marty le hubiera encantado que su esposa y sus hijos le guardaran luto eternamente, pero no tenía intención de hacer partícipe de aquel convencimiento a un chico de doce años.

—Pero no vas a salir con Nash… —aventuró Brett asintiendo levemente con la cabeza.

—No.

—¿Me lo prometes?

—Nash y yo no tendremos una cita fuera de esta casa —aseguró Stephanie haciéndose una cruz sobre el pecho—. Pero es lo único que voy a permitirte entrar en mi vida, jovencito. Y si decido salir con alguien tendrás que aceptarlo, ¿de acuerdo?

—Sí. Sin problemas.

—Bien.

Ella lo besó en la frente antes de soltarlo. Luego lo metió en la cama y lo arropó, le dijo buenas noches y salió del dormitorio. Tras cerrar la puerta bajó lentamente por las escaleras.

Se preguntó cuándo había empezado Brett a considerar a Nash como una amenaza. ¿Había algo extraño en su comportamiento o era su hijo capaz de haber notado la poderosa atracción que ella sentía? No importaba. Se había sentido muy cómoda al aceptar que no saldría por ahí con Nash. No se lo imaginaba pidiéndole una cita para ir al cine o a cenar. No parecía de ese tipo de hombres. Nash era más de paseos por la orilla del río a medianoche y de besos apasionados contra los firmes muros de piedra del viejo castillo.

Stephanie sonrió. Al menos así lo veía ella en su imaginación. Teniendo en cuenta que no había cerca ni castillo ni río, estaba a salvo. Aunque no quisiera.

Cuando llegó al piso de abajo giró en dirección a la cocina. Un movimiento ligero le llamó la atención y se detuvo. Cuando se dio la vuelta se encontró con Nash recorriendo la alfombra del salón arriba y abajo. Al verla se detuvo y se encogió de hombros.

—He cenado demasiado —dijo—. No tengo ganas de acostarme. ¿Te molesto?

—Por supuesto que no. Tengo que hacer galletas para que los gemelos se lleven mañana al colegio. Hay pocas cosas menos interesantes que ver a alguien hornear. ¿Quieres venir a aburrirte un rato a la cocina? Seguro que te ayudará a dormir.

—Claro.

En cuanto él accedió Stephanie sintió deseos de golpearse la cabeza contra la pared más cercana. Verla a ella tal vez resultara aburrido para Nash, pero tenerlo cerca le resultaba a ella salvajemente excitante. No necesitaba pasar más tiempo a su lado. Pasar el rato con Nash sólo contribuía a avivar su calenturienta imaginación. Antes de la cena de aquella noche lo consideraba sensual y encantador. Pero después de la velada había comenzado a gustarle.

Le había gustado verlo relacionarse con su familia. Se había mostrado cariñoso y comprensivo con las docenas de niños que pululaban por allí y muy atento con sus hermanos. Stephanie se había quedado impresionada al saber cómo se ganaba la vida. No había acertado mucho al pensar que era profesor o vendía zapatos. Nash trabajaba en un mundo oscuro y peligroso, lo que contribuía a hacer de él un hombre todavía más atractivo.

Stephanie se dijo a sí misma que tenía que dejar de pensar en Nash como en un cavernícola de torso desnudo que la empujaba hacia el lado salvaje. El pobre sólo había firmado como huésped de su posada, no como estrella protagonista de sus fantasías eróticas. Si él supiera lo que estaba pensando, probablemente se vería obligado a salir corriendo en medio de la noche pegando gritos.

Stephanie sacó los ingredientes necesarios para hacer galletas de chocolate y los dejó sobre la encimera.

—¿Te ayudo? —preguntó Nash haciendo amago de levantarse de la silla en la que se había sentado.

Ella negó con la cabeza.

—Las he hecho tantas veces que ni siquiera tengo que mirar la receta. Pero si te portas bien te dejaré probar una recién sacada del horno.

—Trato hecho.

—Bueno, ¿qué te ha parecido esta noche? —preguntó Stephanie rompiendo un par de huevos y echándolos sobre la harina.

—Ha estado bien. Pero no sería capaz de recordar el nombre de casi nadie.

—Yo que tú ni lo intentaría —aseguró ella calculando la medida del azúcar moreno—. ¿En qué parte de Chicago vives?

—Tengo una casa al lado del lago. Puedo ir caminando a los mejores restaurantes y cerca hay un buen circuito para correr.

—Yo nunca he estado allí, pero me imagino que no podrás correr mucho en invierno.

—Es cierto. Entonces me machaco en el gimnasio.

Desde luego su cuerpo daba fe de ello. Aunque dudaba mucho de que Nash se entrenara para presumir. No había duda de que lo necesitaba por su trabajo. Stephanie trató de no suspirar al imaginárselo en camiseta sin mangas y pantalones cortos levantando pesas. Concentró todas sus energías en batir vigorosamente los huevos.

—Crecí sólo con mi hermano y con mi madre —dijo Nash con calma—. Hasta ahora no he sabido lo que es una familia numerosa.

—Tardarás un tiempo en acostumbrarte a los Haynes —aseguró ella—. Pero vale la pena el esfuerzo.

Nash asintió con la cabeza.

—¿Y qué me dices de ti? ¿Eres la mediana de siete hermanos?

—No exactamente —contestó Stephanie abriendo el bote de la vainilla en polvo—. Soy hija única. Mis padres eran artistas. Estaban muy centrados en sí mismos —aseguró con una sonrisa—. No les interesaba el mundo exterior. Cosas como la factura de la luz o la nevera vacía no iban con ellos. Tuve que crecer muy deprisa. Alguien tenía que ser el responsable y me tocó a mí.

—¿Fue muy duro? —le preguntó Nash mirándola a los ojos.

—A veces sí. Pero también aprendí muchas cosas. Cuando terminé la universidad estaba más que preparada para enfrentarme al mundo real.

—¿Querías tener familia numerosa?

—Claro. Cuando era pequeña pensaba que eso sería fantástico. Lo tenía todo planeado: mi marido, cinco hijos y un buen surtido de perros, gatos y roedores.

Había seguido pensando lo mismo cuando se casó con Marty. Pero cuando se dio cuenta de que había cometido un terrible error y descubrió casi al mismo tiempo que estaba embarazada, cambió de planes. Se resignó a tener sólo un hijo. Los gemelos habían sido un accidente. Una bendición, pero no planeada.

Si al menos Marty hubiera estado dispuesto a ser un adulto en lugar de un niño grande... Si al menos ella hubiera descubierto antes la verdad... Pero entonces no tendría a sus hijos, y los quería más que a nada en el mundo.

—¿Stephanie?

—¿Sí? —preguntó ella alzando la vista y cruzándose con sus ojos.

—¿Estás bien? Te has quedado muy callada.

—Lo siento. Estaba pensando.

—¿En tu marido? —preguntó Nash poniéndose de pie.

—Sí, pero no en el modo en que tú crees.

—¿Es por haber ido conmigo a ese circo familiar?

—No. Eso ha estado muy bien. Esta noche me he divertido mucho.

Stephanie trató de sonreír, pero Nash estaba a escasos centímetros de ella, y su mirada oscura y brillante clavada en sus ojos le impedía respirar con normalidad.

—Es que no salgo mucho —matizó aclarándose la garganta.

—Con tres hijos y tu propio negocio seguramente no tendrás demasiado tiempo para citas.

—¿Citas? —preguntó ella riéndose—. ¡Yo, nunca!

—¿Por qué no?

—Buena pregunta.

Stephanie mezcló los ingredientes secos con la mantequilla y comenzó a batir. Cuando la mezcla se hizo más espesa comenzó a costarle trabajo mover la cuchara.

—Yo lo haré —se ofreció Nash rodeando la isla central de la cocina y acercándose a ella.

Antes de que Stephanie se diera cuenta de lo que estaba ocurriendo, él ya le había quitado la cuchara y removía la masa con rapidez. Ella parpadeó sorprendida.

—¿Por qué has hecho eso? —le preguntó—. ¿Por qué estás siempre dispuesto a ayudar?

—¿Y por qué no?

No quería compartir con él la respuesta que tenía en mente. No quería decirle que había aprendido hacía tiempo a no depender de nadie.

—¿Ahora va esto? —preguntó Nash señalando con la cabeza la bolsa abierta que contenía los trocitos de chocolate.

—Sí —respondió ella vertiendo el contenido en la masa.

—¿Y por qué no sales con nadie?

Stephanie clavó la vista en la mezcla que tenía entre manos en lugar de arriesgarse a mirarlo. Aquélla era una pregunta muy, muy peligrosa.

—Es que... no hay muchos hombres interesados y yo no conozco a muchos.

—¿No conoces a muchos hombres interesados?

—No conozco a muchos hombres.

—Así que no es que *tú* no estés interesada...

—Yo...

Las preguntas estaban yendo de mal en peor. ¿Interesada? ¿Lo estaba? No en el amor, desde luego. Había aprendido la lección. Pero en un hombre bueno... Alguien que fuera divertido y cariñoso... Alguien que pudiera abrazarla y satisfacerla...

—Podría estar interesada —reconoció con suavidad.

—Bien.

Nash dejó la cuchara de madera en el recipiente y se giró hacia ella. Antes de que Stephanie se diera cuenta de lo que estaba pasando, antes de que pudiera respirar o pararse siquiera a considerar si aquello era tan absurdo como parecía, él la estrechó entre sus brazos. Tal cual. Ella notó al instante el contacto de su cuerpo duro y viril. Luego vio cómo su rostro se acercaba cada vez más y supo que iba a besarla.

El último pensamiento racional de Stephanie fue que habían pasado doce años desde que otro hombre que no fuera Marty la besara y que había muchas posibilidades de que hubiera olvidado lo que había que hacer.

Entonces Nash reclamó su boca con un beso cálido, tierno y erótico que le paralizó el corazón y le dejó el cerebro totalmente seco. No podía pensar en nada, sólo sentir. Sentir y actuar.

Él apretó los labios contra los suyos con la presión justa para hacerle desear más a Stephanie. Sintió unas manos grandes sobre la espalda. Sintió sus dedos, el calor de sus palmas, el roce de sus muslos sobre los suyos. El aroma de Nash la envolvió, la hechizó, provocó que las piernas le flaquearan y se le derritieran los músculos. Tuvo que rodearle el cuello con los brazos para mantenerse en pie.

Entonces Nash le recorrió los labios con la boca. Lentamente, descubriendo, explorando. Le lamió el labio inferior con la lengua.

Ella no tenía ya voluntad y abrió los labios. Sintió una oleada de deseo. El sonido de su propia respiración le latía en la cabeza. Lo deseaba con una desesperación tal que tendría que haberla asustado pero que sólo conseguía crear en ella más ansia. Quería abandonarse salvajemente y hundirse en sus tórridos besos. Quería sentir sus manos por todas partes. Quería tocar y ser tocada, sentirse húmeda, sentirse llena. Quería perderse en un orgasmo que sacudiera los cimientos de la galaxia entera.

Por eso, cuando Nash volvió a deslizar la lengua por su labio inferior ella gimió desde la garganta. Y cuando entró en su boca sin vacilar, permitiéndole que lo saboreara, que lo sintiera, que bailara a su mismo son, Stephanie respondió con una intensidad que resultó tan desconocida para ella misma como el furioso deseo que sentía en su interior.

Lo besó apasionadamente, acompasando cada embiste de su lengua con la suya propia. Cuando Nash deslizó las manos desde su espalda hasta el trasero ella se arqueó, acercando el vientre a su impresionante erección.

Ambos parecían luchar desesperadamente por acercarse todavía más. Ladeando las cabezas, uniendo las lenguas, deslizando las

manos... Se besaron, gimieron y se acaricia-
ron.

Stephanie le recorrió la espina dorsal y
luego sintió la dureza de su trasero. Mientras
sus dedos se hundían en su carne, la erección
de Nash se estrechó contra su estómago. Él
le deslizó las manos por las caderas y subió
después hasta la cintura. Al mismo tiempo
apartó la boca de la suya y comenzó a besarla en el cuello y después subió a la oreja.
Saboreó aquella piel tan sensible y mientras
se perdía en el placer de aquellas sensaciones
le mordisqueó el lóbulo. Al mismo tiempo le
cerró las manos sobre los senos.

Stephanie tuvo que morderse el labio para
contener un grito. Los largos dedos de Nash
se ajustaban a sus curvas mientras le acariciaba con las yemas de los pulgares los
pezones, completamente sensibilizados. Se
sintió atravesada por una nueva ola de placer. Necesitaba más. Quería quitarse la ropa
y quitarle a él la suya. Quería que la hiciera
suya allí mismo, en la encimera. Quería que
la tomara rápido y con fuerza, que le abrie-
ra las piernas, se hundiera entre ellas y la
embistiera una y otra vez hasta que ambos
perdieran completamente el control en un
escalofrío de placer.

—Nash... —susurró al tiempo que empezaba a desabrocharle los botones.

Él le estaba subiendo el jersey cuando escucharon un crujido en el piso de arriba.

Stephanie sabía que eran los ajustes de la casa, que gemía cuando la temperatura caía en el exterior. Pero aquello fue suficiente para recordarle que estaban en la cocina y que en el piso de arriba dormían sus tres hijos. Se puso tensa casi imperceptiblemente. Nash captó de inmediato la señal y dio un paso atrás al instante.

Tenía el rostro enrojecido, los ojos dilatados y la boca húmeda de sus besos. Tenía el aspecto de un hombre más que preparado para dar una vuelta por el lado salvaje. Stephanie tenía la impresión de que ella parecería igual de excitada.

Pero se dijo a sí misma que mejor sería no pensar en cuánto tiempo llevaba sin hacer el amor. La realidad sería demasiado deprimente.

En medio del silencio de la cocina sólo se escuchaba el sonido de sus respiraciones agitadas. Nash fue el primero en recobrarse lo suficiente como para poder hablar. O tal vez no estuviera tan nervioso como ella.

—Hacía mucho que no besaba a nadie —confesó con voz entrecortada por el deseo—. No lo recordaba así.

—Yo tampoco —dijo Stephanie tras aclararse la garganta.

—¿Estás bien?

Ella asintió con la cabeza.

—¿Quieres que me disculpe?

—No. A menos que estés arrepentido.

—En absoluto —aseguró Nash sonriendo levemente.

Entonces alzó la mano en dirección hacia ella pero volvió a dejarla caer.

—Será mejor que suba antes de que... Bueno, antes de que empecemos otra vez.

Stephanie no quería que se fuera, pero sabía que aquello era lo mejor. Cosas de la madurez. ¿Por qué no sería igual de divertido que actuar como una jovencita irresponsable?

—Que duermas bien —dijo Nash antes de darse la vuelta.

—Lo dudo mucho —respondió ella sin poder evitarlo.

Él la miró fijamente y sonrió.

—Qué me vas a decir a mí.

Capítulo siete

Stephanie pensó en la posibilidad de mirar el reloj, pero la última vez que lo había hecho eran casi las cuatro de la mañana. Y no había pasado mucho tiempo desde entonces. Había conseguido adormilarse durante unas horas pero la mitad de la noche se la había pasado rememorando los maravillosos besos que había compartido con Nash y la otra mitad tapándose la cara con la almohada para ocultar lo avergonzada que estaba.

¿En qué estaría pensando? ¿O acaso no había pensado en nada?

No, se dijo a sí misma. No había pensado en nada. Se había limitado a reaccionar. Se había dedicado a sentir, a tocar y a desear. Pero no a pensar.

Si se hubiera tomado su tiempo para pensar en lo que estaba haciendo nunca hubiera respondido con semejante avidez. Se había vuelto loca de pasión, una experiencia nueva para ella. Su deseo se había desatado por completo en menos de diez segundos. ¿Qué decía aquello de ella?

Stephanie no tenía una respuesta. En

todos los años que había estado casada con Marty nunca se sintió tan deseosa. Tan viva. Tan desesperada.

—Desesperada —murmuró en medio del silencio de la noche.

No le gustaba cómo sonaba aquella palabra. Le hacía pensar en gente digna de lástima que hacía cosas inapropiadas sin pensar en las consecuencias.

Cosas como hacer el amor sobre la encimera encima de la masa de las galletas.

Stephanie se cubrió la cara con la almohada y ahogó un quejido.

Ella no estaba desesperada, se aseguró a sí misma con firmeza. Si lo estuviera andaría por la ciudad en busca de padres separados. Había conocido a varios en las reuniones del colegio. Un par de ellos incluso la invitaron a salir. Stephanie agradeció la invitación, pero no había nada en ellos que le provocara espasmos sexuales como le ocurría con Nash. Eran hombres amables y simpáticos que no la atraían ni lo más mínimo. Le había resultado excesivamente fácil recordar que no quería tener ninguna relación con nadie porque salir con un hombre implicaba adquirir más responsabilidades. Gracias pero no.

Con Nash era distinto. Le había resultado infinitamente más sencillo olvidarse de sus normas y concentrarse en el aspecto de aquel hombre cuando entraba en una habitación. Podía pasarse horas recordando su boca, su voz, sus manos... Y todo eso había sido antes de que la besara. Ahora que tenía la prueba evidente de su potencial podía pasarse fácilmente la mayor parte del día considerando las posibilidades sexuales que tenía. Podrían...

Stephanie se sentó en la cama y encendió la lamparita de la mesilla de noche.

—Basta ya —dijo en voz alta—. Eres una mujer madura y responsable con un próspero negocio y tres niños. Dentro de unos días vendrán más huéspedes, las vacaciones de verano empiezan a finales de esta semana y la colada se multiplicará como una camada de conejos. No puedes pasarte todo el día pensando en hacer el amor con Nash Harmon. No está bien. No es sano. No va a ocurrir nunca.

Lo último era lo más triste de todo, pensó mientras se dejaba caer de nuevo sobre la cama. Si al menos Nash entrara sigilosamente en su dormitorio en mitad de la noche y se aprovechara de ella... Si al menos...

Stephanie volvió a sentarse. Pero esta vez no lo hizo para regañarse a sí misma. Esta vez abrió la boca sin poder evitarlo al pensar en algo espantoso.

Nash y ella se habían besado. En mitad de

la cocina. Había sido auténtico, maravilloso y absolutamente erótico. Pero no sabía por qué lo había hecho Nash ni si se arrepentiría por la mañana. En cualquier caso se encontraría con él y tendría que actuar como si nada hubiera pasado. Tendría que hacer como si no la afectara su presencia ni su voz, y tendría que hacerlo delante de sus hijos.

Stephanie gimió, se tumbó de lado y se abrazó a la almohada. ¿Por qué no habría pensado en aquella parte antes de quedarse pegada entre sus brazos? ¿Y si a Nash le diera por pensar que era una especie de devoradora de hombres? ¿Y si se estaba riendo de ella?

Cada pensamiento le parecía más espantoso que el anterior. Stephanie se castigó durante todo el rato que pudo con la idea de una posible humillación y finalmente se rindió y retiró las sábanas. No pensaba quedarse allí tumbada un par de horas más mortificándose. Lo mejor sería enfrentarse al nuevo día con una sonrisa y el corazón contento.

Cruzó hacia el cuarto de baño y encendió la luz. La cosa era peor de lo que pensaba. Además de tener el pelo de punta y el rostro completamente pálido tenía unas bolsas moradas debajo de los ojos del tamaño de una bolsa de viaje. Tendría que retrasar su idea de empezar el día con una sonrisa. La próxima hora la pasaría con una compresa fría tapándole los ojos.

Nash escuchó pasos en las escaleras poco después de las cinco de la mañana. Pensó que seguramente Stephanie se habría despertado pronto aquella mañana. Sintió deseos de levantarse y reunirse con ella para acompañarla en lo que estuviera haciendo, pero tuvo la impresión de que a Stephanie no le haría gracia la interrupción.

Así que se quedó sentado en la butaca frente a la ventana y contempló el pálido resplandor de la luz que se abría paso en el horizonte.

Se sentía bien. Era duro admitirlo, pero así era. Estaba lleno de vida. El deseo se movía por debajo de la superficie, amenazando con salir a flote en cualquier momento. Sentía una punzada de interés en los recovecos del cerebro. Ya no tenía ganas de concentrarse en el trabajo. En lugar de eso estaba haciendo planes, soñando despierto.

¿Cuándo había ocurrido? No se trataba sólo de los besos ni de su renacido deseo sexual. Por supuesto que deseaba a Stephanie. Sólo tenía que decirle cuándo y dónde y él estaría allí. Pero sentía algo más.

¿Sería por haber encontrado a su familia? ¿Se trataría de una combinación de varias cosas? ¿Sería que por fin se había visto obligado a levantar la vista del trabajo y había descubierto que había todo un mundo fuera?

Mientras miraba por la ventana, Nash tuvo un recuerdo súbito de lo que había sentido al tenerla entre sus brazos. El modo en el que el cuerpo de Stephanie parecía fundirse con el suyo. En sus curvas. En su delicioso olor... Nash curvó los dedos al recordar el tacto de sus senos y cómo había gemido cuando le rozó con los dedos los erectos pezones.

El cuerpo de Nash reaccionó como era de esperar. Sonrió mientras sentía la sangre subiéndole hacia la entrepierna. El deseo se hizo más poderoso hasta llegar a resultar incluso incómodo, pero a él no le importaba. Sentir aquello era mil veces mejor que no sentir nada, y Nash llevaba mucho tiempo sin sentir nada.

Desde la muerte de Tina.

Cerró los ojos para protegerse de la luz, cada vez más poderosa. No quería pensar en ella. Aquel día no. No quería vivir en el pasado ni preguntarse qué habría podido hacer. Sólo quería sentir.

La vida lo estaba llamando. Podía escuchar el toque, sentirlo en su interior. ¿Iba a contestar? ¿Estaría a salvo al hacerlo?

Nash abrió los ojos y consideró la cuestión. No había garantías. Lo había sabido siempre, pero la muerte de Tina se lo había recordado de la peor manera posible. Abrirse al mundo significaba arriesgarse. Y él no podía olvidar que necesitaba estar alerta. No podía perder el control ni durante un segundo.

Sonó entonces su teléfono móvil. Nash lo agarró de la mesilla de noche y miró la pantalla. Reconoció el número y apretó el botón para hablar.

—¿Diga?

—Dime que estás en alguna playa disfrutando del sol.

—Jack, en la costa oeste son las cinco de la mañana —aseguró Nash con una mueca—. Todavía no hay sol.

—Lo siento —se disculpó su jefe maldiciendo entre dientes—. Siempre me olvido de la diferencia horaria. ¿Te he despertado?

—No. Estaba levantado.

—¿Quieres contarme por qué?

Nash pensó en Stephanie y en lo que habían compartido la noche anterior.

—Ni lo sueñes.

—Vaya. No sabría decir si ese aire de misterio es bueno o malo.

—En eso no puedo ayudarte.

—Dirás que no quieres. No importa. No llamo para discutir contigo. Pensé que te gustaría que te pusiera al día de lo que está pasando en la oficina.

—Ya —contestó Nash con una mueca—. Me llamas para controlarme. ¿Por qué no quieres admitirlo?

—Porque no tengo por qué hacerlo. Marie está embarazada.

La mueca de Nash se hizo todavía más evidente.

—No pareces muy contento con la noticia —le comentó a su jefe.

—Ya tiene ocho o nueve hijos. ¿Para qué quiere otro? ¿Y si ya no vuelve? Me hace la vida fácil. No quiero tener que preparar a otra asistente.

—Espera. Voy a callarme un momento para sentir la compasión.

—Lo sé, lo sé —murmuró Jack maldiciendo otra vez entre dientes—. Debería alegrarme por ella.

—Para empezar, Marie sólo tiene dos hijos, ni ocho ni nueve. Y además le gusta su trabajo más que a cualquiera de nosotros. No va a dejarlo.

—Eso es lo que ella dice, pero yo no la creo.

—Eso es problema tuyo.

Jack lo insultó y luego lo puso al día respecto a varios proyectos.

—Bueno, ¿y tú como te sientes? —le preguntó cuando hubo terminado.

—Estaba perfectamente antes de marcharme y sigo igual de bien —aseguró Nash.

—Ya sabes a qué me refiero. Me preocupo por ti. Trabajas demasiadas horas y nunca descansas, ni siquiera te tomabas vacaciones. Es antinatural. No quiero que te quemes. Te necesito a tope.

—Así que tu preocupación es en realidad por ti.

—Exactamente —respondió Jack—. Necesitas… necesitas hablar con alguien —dijo tras vacilar un instante.

—Ya lo hice —dijo Nash sintiendo una tirantez en el pecho.

—Te sometiste a las sesiones obligatorias con un psicólogo de la casa porque te amenacé con despedirte si no lo hacías. Estoy hablando de un profesional privado. La muerte de Tina fue un shock para todos nosotros. La violencia deja cicatrices.

Aquella conversación era una variación de la misma charla que habían tenido docenas de veces.

—Me he enfrentado a ello a mi manera.

—Eso es lo que me asusta. ¿Sigues echándote la culpa?

Nash conocía la respuesta correcta. Se suponía que tenía que decir que no. Que eran cosas que pasaban. Pero en lugar de eso dijo la verdad.

—Tendría que haberlo sabido. Tendría que haber hecho algo.

—Eres bueno, pero no tanto. Nadie lo es.

Pero Nash sabía que él tenía que haberlo sido. Se suponía que era uno de los mejores.

—Bueno, ¿lo estás pasando bien? —le preguntó Jack cambiando de tema.

Nash recordó lo que había hecho durante los últimos días.

—Sí. Lo estoy pasando bien.

—Me alegra escuchar eso. Tómatelo con calma. Relájate. Regresa al mundo de los vivos.

—Estoy en ello.

—Me gustaría creerte. Tienes que acostarte con alguien.

—Es gracioso que digas eso —aseguró Nash sonriendo—. Yo estaba pensando exactamente lo mismo.

—¿De veras? Es la mejor noticia que he recibido hoy. Me alegro por ti.

—No te emociones tanto —dijo Nash—. Me estás empezando a preocupar.

Jack soltó una carcajada.

—Ahí me has dado. Muy bien: ve en busca de un buen trasero. Te veré dentro de un par de semanas.

—Claro. Adiós.

Nash pulsó la tecla de colgar de su teléfono y luego volvió a dejarlo en la mesilla. Jack era de la vieja escuela y el tipo menos políticamente correcto del mundo. Nash lo sabía. Pero era un hombre bueno que se preocupaba de verdad por él.

Nash no estaba preparado para superarlo todo, todavía no, pero estaba dispuesto a seguir el consejo de su amigo y encontrar un buen trasero. Ya tenía uno en mente.

Nash se duchó y se vistió pero esperó a que fueran las siete para bajar. Después de lo ocurrido la noche anterior no estaba muy seguro de con qué iba a encontrarse. Al llegar al final de las escaleras vio que la puerta de la cocina estaba cerrada y la del comedor abierta. Tomándoselo como un reto, cruzó el comedor y se encontró su sitio habitual ya preparado. Los periódicos descansaban a la izquierda de la servilleta. Había una cestita con bollos todavía calientes al lado de la taza vacía. Antes de que pudiera comprobar si estaba ya la cafetera, se abrió lentamente la puerta de la cocina y entró Stephanie.

Se había vestido de dueña de la posada, con pantalones sastre, zapatos de tacón bajo y un jersey que le marcaba la parte superior del cuerpo de un modo peligroso para el cerebro de Nash. Se había maquillado de un modo que resaltaba el azul de sus ojos... unos ojos que no lo miraban directamente.

—Buenos días —lo saludó con educación llevando en la mano una cafetera humeante—. ¿De qué quieres la tortilla? Tengo varios tipos de queso, verduras, jamón y salchichas. ¿O prefieres que te ponga algo de fiambre aparte?

Stephanie le sirvió el café en la taza y le dedicó una sonrisa amable que no consiguió apartar de ella su aire de nerviosismo.

Al parecer había optado por el camino profesional para enfrentarse a la mañana del «Día después». Nash hubiera preferido otra cosa, pero comprendía su decisión. Ella no lo conocía de nada. Era una mujer con responsabilidades entre las que no se incluían los jueguecitos eróticos con los huéspedes.

—Una tortilla de queso cheddar y algo de verdura sería estupendo —aseguró—. También me gustaría un trozo de beicon al lado, si puede ser.

—Sin problema. Estará dentro de unos quince minutos. Los niños bajarán en cualquier momento y quiero darles el desayuno.

¿Te parece bien?

—Por supuesto.

Ella asintió con la cabeza y se marchó sin haberlo mirado a la cara ni una sola vez. Nash tomó asiento y abrió el periódico, pero no pudo concentrarse en las letras.

¿Se arrepentiría Stephanie de lo que había ocurrido la noche anterior? ¿Lamentaría haberlo besado? Cuando se separaron Nash habría jurado que ella estaba tan gratamente sorprendida y tan excitada como él. Pero tras varias horas de reflexión, seguramente habría decidido que todo había sido un error.

Nash no quería que pensara aquello. Quería que lo deseara tanto como la deseaba él.

Sacudió la cabeza. Estaba peor de lo que pensaba. Le faltaba menos de un dedo para comportarse como un idiota por una mujer, y no recordaba cuándo fue la última vez que le había ocurrido algo así.

El sonido de unos pasos trotando sobre la escalera lo devolvió a la realidad. Los chicos estaban discutiendo sobre a quién le tocaba recoger la habitación. Al parecer trataban de entrar todos a la vez por la puerta de la cocina, porque gritaban cosas como «no me empujes» y «quítate de en medio».

Nash sonrió al imaginarse a los tres empujándose y riendo. Escuchó a Stephanie dándoles los buenos días y el ruido de las sillas moviéndose.

Por primera vez en muchos años deseó no ser él. Sentado en el comedor, escuchó el murmullo de las conversaciones y las carcajadas y sintió ganas de formar parte de aquello. Entonces, sin pararse a considerar las consecuencias de sus actos, agarró la taza de café y el cesto de bollos y caminó hacia la cocina.

Cuando entró la conversación se detuvo en seco. Notó cómo lo miraban los chicos pero él estaba completamente concentrado en Stephanie. Acababa de colocar una caja de huevos en la isla central. Ladeó ligeramente la cabeza y sus labios se entreabrieron. Las mejillas se le tiñeron de color.

—El comedor estaba un poco solitario esta mañana —dijo Nash a modo de explicación—. ¿Os importa si me quedo aquí con vosotros?

Un abanico de emociones cruzó el rostro de Stephanie, pero todo sucedió demasiado rápido y él no tuvo tiempo de descifrarlas. Si ella dudaba demasiado o parecía excesivamente incómoda, regresaría al comedor y se mantendría alejado el resto de su estancia en la posada.

Stephanie curvó ligeramente los labios

hacia arriba y se intensificó su rubor. Cuando por fin lo miró a los ojos él distinguió en su mirada un fuego que casaba con el que Nash sentía en su interior.

—Claro que no. Adelante.

Los gemelos torcieron las sillas para dejarle espacio entre ellos. Nash dejó la taza y los bollos sobre la mesa y agarró la silla vacía. Al sentarse se dio cuenta de que Brett no parecía tan contento de verlo como los demás.

—Hoy hay una exhibición de talentos en el colegio —anunció Jason—. Un niña de mi clase va a bailar ballet —aseguró arrugando la nariz—. Se va a poner una cosa de esas tan raras. Un tutú.

—Un niño de mi clase toca los tambores —intervino Adam—. Y tres niñas van a cantar una canción de la radio.

—Parece divertido —dijo Nash.

Los gemelos no pararon de hablar durante todo el desayuno. Brett no dijo gran cosa, pero mantuvo los ojos fijos en Nash. Stephanie sirvió los huevos revueltos en los platos de sus hijos y luego hizo la tortilla de Nash. Mientras él terminaba de desayunar los chicos se pusieron de pie y se colocaron las mochilas en la espalda. Su madre se despidió de cada uno de ellos con un beso y un abrazo. Aunque Brett se apartó algo avergonzado. Luego los tres salieron a toda prisa por la puerta.

Nash terminó el desayuno y se sirvió otra taza de café. Stephanie abrió la puerta del comedor y miró por la ventana hasta que vio a los tres subidos en el autobús.

Mientras la observaba, Nash recordó las mañanas de su propia infancia. Su madre siempre se las había arreglado para hacerles el desayuno y prepararles el almuerzo. Luego los acompañaba fuera. Lo último que les decía todos los días de colegio hasta que se graduaron era que los quería con toda su alma y que eran lo mejor del mundo.

Stephanie regresó a la cocina y se entretuvo vaciando los platos, guardando las cosas en la nevera y revoloteando nerviosa hasta que Nash movió con el pie la silla que tenía al lado.

—Siéntate —le dijo.

—De acuerdo —respondió ella mirándolo de reojo antes de exhalar un suspiro—. Supongo que tenemos que hablar.

Se sirvió una taza de café y se sentó a su lado.

Luego alzó la vista para mirarlo pero la apartó al instante. Las mejillas se le tiñeron de rojo, luego recuperaron su color habitual y de nuevo volvieron a sonrojarse. Nash se imaginó que se debía sin duda a él.

Decidió empezar con algo fácil.

—¿Ha habido algún problema en que me uniera a vosotros para desayunar?

—¿Cómo? —preguntó Stephanie alzando la vista y mirándolo—. No, por supuesto que no —aseguró con una sonrisa—. Ha sido agradable. Si quieres desayunar con nosotros el tiempo que te quedes te pondré un servicio aquí en lugar de en el comedor. No hay ningún problema.

En el fondo Nash esperaba que le hubiera preguntado el porqué. Por qué quería desayunar con ellos. Aunque lo cierto era que no tenía una respuesta. En cierta medida sabía que estar con ella y con los chicos lo ayudaba a olvidar. No tenía el trabajo para distraerse y eso le dejaba mucho tiempo para pensar. Pero aquélla era sólo una de las razones. Las otras estaban relacionadas con que le gustaba la compañía de Stephanie y los niños.

—Eso me gustaría —dijo Nash—. Pero si la cuestión no es ésa, ¿de qué se trata entonces? ¿De la noche anterior?

Ella tragó saliva y asintió con la cabeza.

—«Cuestión» no es la palabra que yo utilizaría. Pensé que... Qué tranquilo estás —murmuró apartando la vista.

—¿Y tú no?

—Está claro que no, ¿es que no se nota? —preguntó Stephanie sujetando la taza con las dos manos—. Es sólo que... supongo que lo que de verdad me gustaría saber es por qué ocurrió.

Era curioso, pero aquélla no era para Nash la pregunta prioritaria.

Sabía que Stephanie rondaría los treinta años, tal vez los treinta y dos. Era una mujer inteligente, de éxito, guapa y absolutamente arrebatadora. Pero en aquellos momentos parecía que iba a salirse de su propia piel por culpa de los nervios y la vergüenza. ¿Por causa de él? Le gustaría pensar que sí, pero tenía la impresión de que eso sería un poco vanidoso por su parte.

—Eres muy atractiva —le dijo preguntándose si ella desconocería de verdad la razón por la que la había besado—. Muy atractiva. Y me gusta tu compañía. Tuve una reacción masculina completamente natural ante ambos estímulos.

Stephanie apretó ligeramente los labios y asintió con la cabeza.

—De acuerdo —dijo con voz entrecortada tras aclararse dos veces la garganta—. Así que estás hablando de... de interés.

De sexo. Estaba hablando de sexo.

—El interés funciona, pero sólo si es recíproco.

Aquella vez no tuvo ninguna duda de que ella se había sonrojado. Sus mejillas adquirieron un tono rojo brillante y estuvo a punto de dejar caer la taza.

—No estoy acostumbrada a hablar con adultos —confesó Stephanie en voz baja—. Qué demonios, no creo que se me diera muy bien antes y la falta de práctica sólo ha servido para empeorar las cosas.

—Entonces nos lo tomaremos con calma. Me refiero a la conversación.

—De acuerdo —asintió ella abriendo más los ojos—. Bien. Supongo que entonces debería empezar por el principio.

—¿El principio? —preguntó Nash sin tener la menor idea de a qué se refería.

—Sí. Conocí a Marty en el último curso de universidad. Había salido con algunos chicos antes, pero no me enamoré de ninguno como de él. Era todo tan divertido... —comentó suspirando—. Marty era unos años mayor que yo. Era encantador, simpatiquísimo, estaba lleno de vida y parecía muy interesado en mí.

Stephanie alzó los ojos para mirarlo.

—Te dije que mis padres eran artistas, pero lo que no te conté fue que su arte era lo más importante de su vida. Recuerdo que crecí pensando que una rodilla desollada o un problema con una amiga no podían competir con la luz perfecta o la perspectiva adecuada. Cuando pintaban yo no existía.

—¿Marty era distinto?

—Eso pensé. Se concentró en mí con tanta intensidad que no me di cuenta de que yo no era más que la última de una larga lista de pasiones. Estaba tan encandilada que me casé con él menos de dos meses después. En menos de seis semanas me di cuenta de que me había casado con alguien que era igual que mis padres.

—¿En qué sentido? —preguntó Nash inclinándose hacia delante.

—Era un irresponsable. No estaba dispuesto a pensar en nadie que no fuera él mismo. No le importaba que las facturas no se pagaran a tiempo ni que nos cortaran la luz. Le daba lo mismo llegar tarde al trabajo. Había cosas mucho más divertidas que hacer. Seguro que a un psiquiatra no lo sorprendería que hubiera sustituido a mis padres por alguien exactamente igual que ellos, pero para mí fue un shock absoluto. Estaba destrozada.

Nash sintió deseos de estirar el brazo por encima de la mesa y tomarla de la mano, pero no lo hizo. En lugar de eso le dio otro sorbo a su taza de café.

—¿Por qué no te marchaste? —le preguntó.

—Quería hacerlo —admitió Stephanie—. Consideré las opciones, pensé qué me gustaría hacer y decidí que no estaba dispuesta a volver a pasar por aquello otra vez. Pero justo antes de ponerme a hacer las maletas descubrí que estaba embarazada de Brett.

Stephanie acarició distraídamente la taza con un dedo.

—Marty estaba encantado. Me juró que las cosas serían diferentes y yo quise creerlo. Pensé que no estaba bien apartarlo de su hijo y me quedé. Él fue de trabajo en trabajo, de ciudad en ciudad, de estado en estado, y nosotros íbamos detrás. Cuando yo conseguía ahorrar un puñado de dólares él se los gastaba en algo tan absurdo como en una motocicleta vieja o un fin de semana haciendo rafting. Esperé a que se hiciera adulto, a que se diera cuenta de que tenía responsabilidades. Busqué modos imaginativos de traer dinero a casa. Pasados unos años le dije que no podíamos seguir así. Yo le daría clases a Brett mientras estuviera en preescolar, pero si para cuando empezara primaria no estábamos asentados en algún lugar, me marcharía.

Stephanie se reclinó en la silla y se encogió de hombros.

—Brett tenía tres años. Eso le daba a Marty tres años más para rehacer su vida. Mientras tanto yo empecé a ir a clase de económicas por las noches cuando podía. Si tenía que marcharme quería estar preparada para cuidar de mí y de Brett.

—Y entonces llegaron los gemelos —dijo Nash.

—Otro embarazo que me pilló desprevenida —reconoció ella—. De pronto tenía un hijo de cuatro años y dos bebés. No teníamos dinero. Tuve que pagar al médico en recibos semanales. El día que llegué a casa con los gemelos la ciudad se quedó una semana entera sin luz. Fue un infierno. Marty no paraba de decir que todo saldría bien. Seguía sin aparecer en los trabajos o sencillamente dejándolos. Un año más tarde toqué fondo. Agarré a los niños y me marché. Sabía que me resultaría duro sacarla adelante sola, pero cuidar de tres hijos era mucho más fácil que encargarse de cuatro.

Si Marty no hubiera estado muerto, Nash habría ido a buscarlo para darle una buena tunda.

—Él me siguió y me suplicó que volviera —continuó Stephanie alzando un instante la vista para mirarlo—. Brett lo adoraba y me rendí. Ya no lo amaba, pero me sentía culpable por haberme marchado. ¿No es una locura? Así que me quedé. Y entonces un día recibió una carta de un abogado en la que se le comunicaba que había recibido una cantidad importante de dinero. Le dije a Marty que quería invertirlo en una casa. Pensé que si al menos tuviéramos esa seguridad yo podría soportar lo demás. En aquel momento estábamos atravesando Glenwood, así que decidimos comprar algo aquí. Pero Marty no podía comprar una casa normal y pagarla de una vez. Esta monstruosidad encaja bien con sus fantasías. Yo pensé que sería mejor que tirar el dinero en un barco para poder dar la vuelta al mundo, así que accedí. Entonces él murió.

—Has hecho un gran trabajo —aseguró Nash sin saber muy bien qué decir.

—He hecho lo posible por pensar siempre en mis hijos. Quiero que sean felices y se sientan seguros. Quiero que sepan que son muy importantes para mí. Pero ésa no es la cuestión.

Stephanie estiró los hombros.

—Tengo treinta y tres años. He tenido que cuidar de alguien desde que tuve edad para hacer la compra por teléfono. Cuando tenía diez años ya me encargaba de pagar las facturas y de controlar el dinero de la casa. Mis padres se marcharon a Francia cuando tenía doce años. Estuvieron fuera cinco meses. Me asustaba estar sola durante tanto tiempo pero lo superé. Era la adulta cuando estaba con Marty y soy la adulta ahora. Lo que quiero decir es que no quiero otra responsabilidad. He oído decir que los hombres pueden ser compañeros en una relación, pero yo nunca lo he visto.

Nash escuchó aquellas palabras pero no entendió por qué se las estaba diciendo a él.

—Estoy impresionado por lo bien que has superado todo —le dijo.

—Pero no entiendes por qué te estoy contando esto —respondió Stephanie asintiendo con la cabeza.

—Exacto.

Ella respiró hondo y clavó la vista en la mesa.

—Los besos de anoche fueron increíbles. El hecho de que no hayas salido corriendo de la habitación esta mañana cuando me has visto me indica que para ti tampoco estuvo mal del todo.

Nash sabía lo difícil que le estaba resultando aquello a Stephanie, pero no pudo evitar reírse.

—Veo que vas entendiendo mi posición —le dijo—. Te deseaba. Sigo deseándote.

Ella abrió la boca para decir algo pero no fue capaz de emitir ningún sonido. Se limitó entonces a mirarlo con los ojos muy abiertos y expresión asombrada.

—Yo… te agradezco la sinceridad —susurró Stephanie—. Lo que quiero decir es que no me he permitido a mí misma ningún pensamiento sexual desde la muerte de Marty. No tengo oportunidad de conocer a muchos hombres pero los que conozco o bien salen espantados al ver a una viuda con tres hijos o se parecen demasiado a Marty, en cuyo caso soy yo la que sale corriendo. No quiero mantener una relación. No quiero comprometerme. Y sin embargo...

Stephanie se detuvo.

Nash se inclinó hacia ella. No estaba muy seguro de hacia dónde quería ir ella, pero si iba en la dirección que él pensaba, estaba dispuesto a firmar allí mismo.

—Pensé que esa parte de mí estaba muerta —dijo Stephanie—. Pero no lo está.

—Me alegro de saberlo.

—Ya me imagino —comentó ella sonriendo levemente—. Por eso me estaba preguntando que, ya que tú vas a irte de la ciudad a finales de la semana que viene...

Nash colocó todas las piezas juntas, las separó y volvió a unirlas de nuevo. Y llegó a la misma conclusión, lo que significaba que algo estaba haciendo mal, porque no podía tener tanta suerte.

—Ahora tienes que decir algo —aseguró Stephanie mirándolo fijamente.

—¿De verdad quieres que lo diga?

Ella asintió con la cabeza.

Si se había equivocado, Stephanie le arrojaría el café a la cara y se vería obligado a buscar otro alojamiento. Podría soportarlo.

—No estás interesada en tener una relación —se aventuró a decir.

—Eso es.

—Y te gustaron los besos.

—Ajá.

—Mucho.

—Se podría decir que sí —respondió ella con una sonrisa.

—Lo que estás buscando es una aventura mientras yo esté en la ciudad que se termine cuando me marche. Sin ataduras ni reproches ni corazones rotos. Hasta entonces nos haremos mutua compañía por la noche. ¿Va por ahí la cosa?

Capítulo ocho

La cosa iba por ahí, pensó Stephanie mientras sentía un nudo de vergüenza atravesado en la garganta. Le parecía asombroso que Nash lo hubiera expresado a la primera con tanta facilidad.

Una cosa era *pensar* en hacer el amor salvajemente con un desconocido imaginario que resultara ser guapo, sensual y erótico hasta decir basta y otra muy distinta que el objeto de su deseo averiguara sus intenciones y se las dijera en voz alta.

A la luz del día la idea parecía absurda, fuera de lugar y completamente irrealizable.

Sin pensar en lo que hacía, Stephanie se puso de pie y salió de la cocina. No tenía ningún destino en mente. Sólo necesitaba apartarse de Nash.

Mientras caminaba por el pasillo trató de repetirse a sí misma que no había hecho nada malo. Era una persona adulta. Él la había besado y les había gustado a ambos. Entonces, ¿qué tenía de malo sugerir que avanzaran hacia el siguiente nivel? ¿Acaso no era eso lo que todo el mundo hacía?

«Tal vez», pensó algo agitada. Pero ella

no. Sólo había estado con un hombre en toda su vida: con su marido. Las normas de comportamiento social del mundo actual se le escapaban completamente. Nunca antes se había atrevido a pedirle a un hombre que la tomara de la mano, ni mucho menos que tuvieran una aventura.

Stephanie llegó al final de la escalera pero antes de que pudiera poner el pie en el suelo alguien la agarró del brazo.

Ella se detuvo y aguantó la respiración. De acuerdo, no se trataba de alguien. Era Nash. Inclinó la cabeza porque podía sentir el calor en las mejillas. No sólo por lo que él pudiera pensar respecto a su sugerencia, sino porque salir huyendo no había sido una reacción madura, precisamente.

Los dos se mantuvieron callados hasta que el silencio se hizo tan denso que hubieran podido cortarlo con un cuchillo. Finalmente Nash se decidió a hablar.

—Te pido disculpas —dijo con suavidad—. Al parecer he malinterpretado la situación y te he insultado.

Aquellas palabras estaban tan alejadas de lo que ella estaba pensando que Stephanie no pudo evitar darse la vuelta y quedarse mirándolo fijamente.

—He expresado en voz alta mis propios deseos —continuó explicándose Nash—.

Fueron unos besos muy apasionados. Me hicieron desear más.

Stephanie procesó aquella frase. Los escalofríos de vergüenza se transformaron en pequeñas descargas de placer mientras consideraba las posibilidades.

—¿No te importa que no esté interesada en una relación duradera? ¿No crees que eso es barato y sucio por mi parte?

La boca de Nash se curvó en una lenta sonrisa al tiempo que sus ojos echaban chispas.

—¿Tengo aspecto de que me importe? —preguntó soltándole el brazo y acariciándole la mejilla—. Eres una mujer atractiva y sensual y besas como una fantasía húmeda que hubiera cobrado vida.

Cielos. Ya que hablaba de humedad, Stephanie sintió cómo se empapaba por dentro. Sintió un foco de deseo entre las piernas que comenzó a extenderse en todas direcciones. Se sentía a la vez débil e increíblemente poderosa. El deseo se apoderó de todo su cuerpo, un deseo como no había sentido en lo que le parecía una eternidad.

—¿Por qué no vuelves a hacerme la pregunta? —le pidió—. Esta vez intentaré no salir corriendo.

La expresión de Nash se endureció y se hizo más intensa. Alrededor de ellos el aire pareció hacerse más denso y creció la tensión. Stephanie pudo sentir cómo se le erizaban los vellos de la nuca y de los brazos. Los dos se miraban a los ojos.

—¿Estás interesada en tener una aventura? —le preguntó con voz ronca y cargada de deseo sexual—. Sexo, diversión y, cuando me llegue el momento de partir, nos separaremos sin más. Sin reproches. Sin expectativas.

Sonaba escandaloso. Sonaba de maravilla.

—Sí —susurró ella—. Eso es exactamente lo que quiero.

No podía creer que hubiera dicho aquellas palabras en voz alta, pero antes de que pudiera pararse a pensarlo Nash la atrajo hacia sí.

—Eso es lo que yo quiero también —murmuró él—. Llevo años escuchando rumores y por fin he averiguado que son ciertos.

—¿Rumores? ¿Sobre mí?

Nash depositó suavemente los labios sobre su cuello. Ella sintió un escalofrío delicioso que le recorrió la espina dorsal haciéndole casi imposible pensar.

—No sobre ti en concreto —le dijo—. Sobre las mujeres mayores.

Stephanie le había colocado las manos en los hombros y estaba disfrutando de la sensación de sus músculos poderosos bajo los dedos. Pero en lugar de apartar las manos los apretó con más fuerza para no romper el contacto con aquel cuerpo imponente.

—¿Mujeres mayores?

Nash levantó la cabeza y sonrió.

—Me dijiste que tenías treinta y tres años. Yo tengo treinta y uno. Desde que comencé a visualizar las posibilidades entre un hombre y una mujer he escuchado historias sobre lo estupendo que es estar con una mujer mayor. Con toda su experiencia, todo ese deseo latente cuando alcanzan la cima... Siempre me he preguntado si sería verdad lo que cuentan.

Stephanie supuso que había dos maneras de responder a aquel reto. Salir corriendo o retarlo a su vez. Su primer impulso fue la huida, pero algo le decía que sería más divertido optar por la segunda opción.

—Por supuesto que es verdad —aseguró acercándose más—. Espero que seas capaz de aguantar.

Nash soltó una carcajada profunda antes de buscarle la boca.

La besó con una pasión y un ansia que la dejó sin respiración. Los labios de Nash se apretaron contra los suyos con fuerza suficiente como para asegurarle al cien por cien que la deseaba tanto como ella a él. Stephanie abrió la boca al instante y él se deslizó dentro.

Nash sabía a café y a pecado. Ella se estremeció de placer al primer embiste de íntimo contacto. Una ola de fuego se apoderó de ella provocándole debilidad en las piernas y problemas para respirar. El deseo hizo explosión estallándole en profundidad, provocando en su interior un ansia desconocida.

Stephanie inclinó la cabeza para besarlo con más profundidad y él la abrazó con más fuerza. Se tocaron por todas partes. Sus senos se apretaron contra el torso de Nash, y notó su erección clavada en el vientre. Él le acariciaba la espalda con las manos, recorriéndoselas arriba y abajo al mismo ritmo que marcaba su corazón.

Mientras Stephanie le trazaba la amplitud de los hombros él le exploró la cintura y después las caderas. Deslizó una mano hasta su trasero y lo apretó. Ella sintió cómo la quemaba aquel contacto a pesar de que tenía la piel cubierta por la ropa.

De repente, sin previo aviso, Nash le mordió el labio inferior. Ella suspiró. Cuando él se introdujo en la boca aquella parte tan sensible y la succionó el suspiro se transformó en gemido.

Stephanie pensó que tenían que estar más juntos. El deseo se estaba convirtiendo en frenesí. Tenían que estar más cerca, desnudos y tocándose. Ya. En aquel instante.

Aquel mensaje voló desde su cerebro a sus manos. Mientras los dedos de Nash le recorrían los pezones, provocándole una nueva oleada de humedad entre los muslos, Stephanie le sacó la camisa de la cintura. Entonces le desabrochó los dos primeros botones. Nash le deslizó las manos por debajo del jersey. Ella aguantó la respiración. Sus manos grandes y cálidas le cubrieron los senos.

El sujetador se había convertido en una barrera de acero que le impedía llegar a su piel desnuda. Stephanie se debatió entre terminar de quitarle la camisa y el deseo de sentir su piel sobre la suya, así que intentó quitarse el jersey sin dejar de insistir con los botones. Al mismo tiempo se giró y trató de alcanzar el último escalón con el pie.

Nash la agarró cuando estaba a punto de caer. Sus brazos poderosos la sujetaron con fuerza.

—Creo que deberíamos seguir arriba —murmuró sin dejar de besarla en el lóbulo de la oreja.

—De acuerdo.

Ella inclinó la cabeza hacia atrás en gesto suplicante. Le estaba rogando sin palabras que no se detuviera nunca. Nash volvió a ponerle las manos sobre los senos y Stephanie fue incapaz de pensar. Era incapaz de hacer nada que no fuera sentir. Todo era demasiado maravilloso, demasiado increíble, demasiado asombroso. El calor húmedo de su boca, el modo en que deslizaba la lengua por aquella zona tan sensible que tenía detrás de la oreja... Y luego estaban sus dedos, la manera en que los movía y presionaba con ellos sus pezones, ni suave ni fuerte, sino exactamente como debía ser. Perfecto.

—Stephanie...

—¿Sí?

—Espera un momento.

Nash la tomó en brazos, exactamente igual que Rhett Butler había hecho con Escarlata O'Hara. Tras un momento inicial de desconcierto, Stephanie se sintió ligera, femenina y más sensual de lo que podía describir con palabras.

—Ojalá estuviera desnuda ahora misma —dijo.

Los ojos oscuros de Nash brillaron de deseo.

—Yo también. Mi habitación está más cerca. ¿Te parece bien?

Stephanie no pudo contestar porque la estaba besando, pero trató de decirle que sí con los labios y con la lengua. Al parecer él captó el mensaje porque lo siguiente que supo fue que estaban en el segundo piso avanzando por el pasillo.

Nash abrió la puerta de su cuarto y entró. Las persianas estaban levantadas y la luz del sol se filtraba a través de las cortinas de encaje. La puerta se cerró con fuerza detrás de ellos. Nash se acercó a la cama y depositó a Stephanie delicadamente en el suelo.

En cuanto ella sintió algo firme bajo los pies le echó los brazos al cuello y se apretó contra él. Nash la estrechó con fuerza entre sus brazos y la besó con más profundidad.

Cada rincón del cuerpo de Stephanie reclamaba sus caricias, su desnudez, su alivio. Trató de quitarse los zapatos pero su cerebro no podía concentrarse en otra cosa que no fuera la sensación de la boca de Nash contra la suya, así que renunció a enviar ningún mensaje a sus músculos. Nash intentó desabrocharse la camisa y compuso una mueca.

—No estamos haciendo ningún progreso —dijo dejando de besarla y dando un paso atrás.

Terminó de quitarse los botones y se sacó la prenda. Ella consiguió sacarse los zapatos y trató de hacer lo mismo con el jersey, pero cuando lo tuvo a la altura de la cabeza Nash se inclinó hacia abajo y le besó la piel desnuda debajo del sujetador. Le cubrió las costillas de besos suaves y húmedos. Stephanie se quedó paralizada con los brazos en las mangas, saboreando aquel placer. Nash le cubrió los senos antes de tirarle del jersey y terminar el trabajo.

Volvió a buscar su boca para besarla. Mientras le saboreaba la lengua consiguió desabrocharle el sujetador y bajarle los tirantes a la altura de los brazos.

Los pezones de Stephanie, ya erectos, rozaron el vello de su torso. Aquel contacto tierno y al mismo tiempo excitante provocó en ella una hipersensibilidad que le hizo desear con desesperación más y más. Se colgó de sus hombros y movió el cuerpo arriba y abajo para que sus pezones acariciaran la piel desnuda de Nash. Al mismo tiempo le succionó con fuerza la lengua y apretó el vientre contra su erección.

Nash gimió desde lo más profundo de su garganta, alzó las manos para cubrirle con ellas los senos y le acarició con los pulgares los pezones. Una oleada de placer estalló en el pecho de Stephanie y luego descendió hasta instalarse entre sus muslos. Aumentó la temperatura de su cuerpo y también la humedad. Estaba más que dispuesta, pensó con cierta desesperación. Ambos estaban todavía medio vestidos y ella temblaba de deseo.

Descendió las manos hasta su propia cintura y se desabrochó los pantalones. Nash siguió su ejemplo, lo que los acercó más a la desnudez aunque la dejó a ella con ganas de seguir sintiendo las caricias en sus senos.

En cuestión de segundos, Stephanie se despojó del resto de ropa. Nash se quitó los pantalones y los calzoncillos, se sacó los calcetines y la besó fugazmente.

—No te muevas —le ordenó entonces.

Y desapareció en el cuarto de baño. Escuchó ruido de trastos, tres palabrotas y luego el sonido de algo duro cayendo al suelo. Nash reapareció llevando en la mano una caja de preservativos. Los dejó encima de la mesilla de noche y la acompañó a sentarse en la cama. Luego la reclinó sobre el colchón y se puso de rodillas delante de ella. Deslizó una pierna entre las suyas. Mientras se inclinaba para introducirse en la boca su pezón derecho, apretó su muslo rígido contra la expectante humedad de Stephanie.

La combinación de aquel beso succionador y la presión que sentía sobre el centro de su deseo estuvo a punto de enviarla al cielo. Gimió sin palabras y le hundió los dedos en el pelo.

—No pares —susurró desesperada.

Alzó las caderas sin vergüenza alguna, frotándose contra él, acercándose todo lo que podía para que la presión se hiciera más fuerte, más rápida, más intensa.

Nash giró la cabeza para dedicarse al otro pecho y se movió de manera que quedó de rodillas entre sus piernas. Entonces retiró el muslo y lo sustituyó por una mano.

Dos dedos fuertes y seguros se abrieron camino entre sus rizos húmedos hasta llegar a la piel. Nash la exploró por todas partes, acariciando aquel punto tan sensible de un modo tal que se vio obligada a contener la respiración. Entonces él hundió los dedos con más firmeza en su interior.

Stephanie sintió que le salían palabras de los labios pero no habría sabido decir cuáles eran. No podía hacer otra cosa que sentir el modo en que Nash entraba y salía de ella. El deseo se hizo aún más ardiente y se expandió por todas las células de su cuerpo. Apenas se dio cuenta de que él había dejado de besarle los pechos y en su lugar apretaba los labios contra su vientre. Nash se iba deslizando cada vez más hacia abajo sin dejar de mover los dedos en su interior.

Con la mano que tenía libre le apartó el vello púbico, posó suavemente los labios en su zona sensible y la lamió con delicadeza.

Los pulmones de Stephanie se quedaron sin aire. Antes de que pudiera recuperar el aliento, Nash cerró los labios alrededor de ella y succionó sin dejar de mover los dedos. Ella sintió que volaba.

El orgasmo llegó inesperadamente con mucha fuerza. Stephanie se estremeció y gimió y gritó y clavó los talones en el colchón. Los espasmos la atravesaron al tiempo que el placer aliviaba la tensión que la había invadido durante lo que le parecía un siglo. Nash siguió besándola aunque con más ternura y continuó moviendo los dedos, llenándola una y otra vez hasta que tuvo la sensación de que llevaba horas en estado de clímax.

Su cuerpo se relajó por fin y Nash se detuvo. Stephanie tenía la sensación de que se le había derretido los huesos. Tal vez no pudiera volver a caminar nunca, pero ¿qué importaba? Lo único que importaba era aquel delicioso letargo en el que se hallaba sumida.

Nash le besó la cara interior del muslo y luego se giró para tumbarse a su lado. Sonreía.

—No tengo que preguntarte si ha ido bien —bromeó.

—Creo que no. Si sale en las noticias que ha habido un terremoto en la zona creo que será culpa mía. O tuya, para ser más exactos.

—Me gusta que sea culpa mía.

Stephanie le acarició el rostro antes de deslizarle el pulgar por los labios.

—Ha sido maravilloso.

—Me alegro.

Ella se giró hacia él y le puso la mano en la cadera. Luego la deslizó hacia su protuberante erección.

—¿Preparado para la segunda parte?

En lugar de responder, Nash estiró la mano para hacerse con la caja de preservativos. Mientras la abría Stephanie se inclinó sobre él y lo besó. Al primer contacto de su lengua sobre la suya la tensión volvió a anidar en su cuerpo. Lo besó más profundamente y luego se apartó un poco para mordisquearlo suavemente en la mandíbula.

—Me estás distrayendo —protestó Nash.

—¿De verdad? —preguntó ella bajando la vista hacia el envoltorio de la protección—. ¿Quieres que te ayude?

—Claro. Nunca se me ha dado bien esto.

Stephanie le quitó el preservativo de las manos y lo deslizó suavemente a lo largo de su erección.

—¿El hecho de que la caja estuviera cerrada significa que no has practicado mucho? —le preguntó.

—No he estado con nadie desde que murió mi mujer —respondió Nash mirándola fijamente con los ojos brillantes—. Hace unos meses conocí a alguien y pensé que… Por eso compré los condones —aseguró tras vacilar un instante—. Pero la cosa terminó mucho antes de que llegáramos a la fase de desnudez.

Stephanie pensó que sus amigas le dirían que era peligroso ser la primera mujer con la que estaba un hombre tras el fallecimiento de su esposa. Pero Nash era también su primera vez. Además, ambos estaban de acuerdo en mantener una relación meramente sexual, sin compromisos. A ella le gustaba Nash, lo deseaba, y estaba segura de que él sentía exactamente lo mismo. Era la relación perfecta.

—¿Listo para hacerle una prueba al látex? —le preguntó.

—Claro.

Stephanie hizo amago de tumbarse boca arriba pero él le colocó las manos en las caderas para pedirle sin palabras que se pusiera encima. Ella colocó las piernas a cada lado de sus caderas. Nash elevó las manos para cubrirle los pechos. En cuanto sus dedos le rozaron los pezones sintió cómo todo su interior se despertaba. Al parecer él no era el único preparado para una segunda parte.

Stephanie buscó entre sus piernas y gimió levemente al encontrarse con aquella erección. Luego presionó levemente la punta contra su humedad. Entonces apartó la mano y se acomodó dentro de él.

Su cuerpo tuvo que estirarse levemente

para encajar en aquella dureza. Todas las terminaciones nerviosas de su cuerpo se estremecieron mientras él la llenaba. Stephanie se apoyó en los brazos y comenzó a moverse.

Era una sensación deliciosa, pensó al tiempo que sus músculos se cerraban alrededor de Nash. Cuanto más se hundía en él más tensión iba sintiendo.

—Te estás conteniendo —dijo entonces Nash con voz trémula.

Ella abrió los ojos y vio la tensión dibujada en su rostro. La estaba mirando.

—Déjate llevar —le pidió Nash.

—Es lo que quiero —aseguró Stephanie aguantando la respiración al recibir una nueva oleada de placer—. Es sólo que…

—¿Crees que voy a quejarme si vuelves a alcanzar el orgasmo?

—Bien visto —respondió ella con una sonrisa.

—Vamos —dijo Nash mirándola fijamente—. Quiero sentirte. Déjate llevar.

A cada embiste de él dentro de su cuerpo Stephanie se acercaba más y más al límite.

—Hazlo.

Nash acompañó su orden con un rápido movimiento de cadera. Las manos que cubrían sus senos se movieron a más velocidad. Él la llenó una y otra vez hasta que el placer alcanzó una cota insoportable. Stephanie se sentó más afianzadamente, colocó las manos sobre los muslos y comenzó a subir y a bajar cada vez más deprisa.

Nash supo que aquél era uno de aquellos momentos perfectos de la vida. Estaba a punto de alcanzar su propio orgasmo, pero se las arreglaría para esperar hasta que Stephanie llegara al clímax. Por desgracia sus buenas intenciones se veían seriamente en peligro por la visión de ella cabalgándolo como una amazona de película porno. A cada movimiento que hacía los senos le subían y le bajaban, provocando que a él se le secara la boca de deseo. Stephanie tenía la cabeza inclinada hacia atrás, los ojos cerrados y estaba perdida en el placer del momento. Aquélla era la experiencia más erótica que Nash había experimentado en su vida.

Podía sentir la presión creciendo profundamente en la parte inferior de su cuerpo, lo que constituía todo un problema. Trató de pensar en otra cosa, pero ¿cómo podía hacerlo con ella desnuda, balanceándose con la boca entreabierta y humedeciéndose los labios con la lengua mientras...?

Nash gimió cuando lo venció el orgasmo. Un placer blanco y cálido le atravesó el cuerpo con furia. Mantuvo la conciencia el tiempo suficiente para darse cuenta de que Stephanie gritó en el momento exacto en el que él perdió el control. A través de las oleadas de su propio placer sintió el cuerpo de ella contrayéndose alrededor del suyo, tirando de él, provocando un orgasmo infinitamente más largo de lo que hubiera creído posible.

Cuando se recobraron lo suficiente como para que Stephanie se levantara de encima de él y Nash se limpiara, ambos se deslizaron entre las sábanas y se colocaron de lado para mirarse el uno al otro.

Ella sonreía. A Nash le gustaba la expresión de contento que dibujaba su rostro y el modo en que tenía la rodilla colocada como por casualidad entre sus piernas. Le gustaba el aroma de su cuerpo mezclado con la fragancia de su acto amoroso. Y le gustaba que aunque hubieran acabado hacía un instante deseara hacer el amor con ella de nuevo.

Había pasado mucho tiempo, pensó. Demasiado. Tras la muerte de Tina no tomó la decisión de evitar a las mujeres y el sexo. Fue algo que simplemente ocurrió. Se encerró en el trabajo y no encontró la manera de salir de allí.

—¿En qué estás pensando? —le preguntó Stephanie.

—En que nunca pretendí vivir como un monje tras la muerte de mi esposa.

—Me sorprende que las mujeres solteras de tu oficina no se te echaran encima.

—¿Cómo sabes que no lo hicieron?

—¿Tenías que apartarlas con un bastón? —bromeó ella sonriendo.

—Sólo un par de veces al año.

Stephanie apartó la mirada y se le borró la sonrisa del rostro.

—Debes de quererla mucho todavía.

Aquel cambio dejó a Nash un poco desconcertado durante unos instantes. Pero enseguida comprendió lo que Stephanie quería saber.

—Eh —le dijo tocándole la barbilla para obligarla a mirarlo a la cara—. Tú y yo éramos los únicos que estábamos en esta cama. Al menos por mi parte.

—Por la mía también —aseguró ella recuperando la sonrisa—. No había estado con nadie desde Marty, pero es que las cosas eran muy complicadas, como he tratado de explicarte antes.

Nash deslizó la mano por debajo de las sábanas y le acarició la cadera desnuda. Stephanie tenía la piel de seda cálida.

—¿Y esto es fácil? —le preguntó.

—Mucho. Lo más fácil del mundo.

Nash estaba de acuerdo. En el pasado le

parecía que el primer encuentro sexual en cualquier relación era tan peligroso como entrar en un campo de minas. En cualquier momento se podía dar un paso en falso. Pero con Stephanie todo había encajado perfectamente. Él no había tenido nunca antes una aventura meramente sexual, sin ataduras, pero era mucho mejor de lo que podía haber imaginado.

—¿Qué te parece si establecemos unas cuantas reglas básicas para que las cosas sigan así? —dijo Nash.

—Buena idea —contestó Stephanie asintiendo con la cabeza y sentándose.

Al moverse se le retiró la sábana, dejándole los senos al descubierto. Nash cambió el objeto de su atención de sus palabras a su cuerpo. Se inclinó hacia ella y le acarició con un dedo la curva de uno de los pechos. Luego trazó una línea en el punto en que la pálida piel se oscurecía en un rosa profundo. El pezón de Stephanie se puso duro al instante. Nash se humedeció la punta del dedo con la boca y le acarició el pezón hasta que ella se quedó sin respiración.

Tal y como era de esperar, el cuerpo de Nash reaccionó con una oleada de sangre en la parte inferior.

—Regla número uno —dijo ella—: mucho sexo.

—ésa es buena —reconoció Nash alzando ligeramente la cabeza para mirarla a la cara—. Tan buena que debería ser la número uno y también la número dos.

—Me parece bien. Sexo y más sexo. No vas a quedarte mucho tiempo en la ciudad y quiero aprovecharme de esa situación.

—Ésa es mi chica.

No había nada que Nash deseara más que inclinarse lo suficiente como para besarle los pechos, pero pensó que sería mejor dejar las cosas claras antes de iniciar el siguiente asalto. Se obligó a sí mismo a retirar las manos y concentrarse en la conversación.

—Doy por hecho que no quieres que los chicos se enteren de lo nuestro —dijo.

Ella asintió lentamente con la cabeza.

—Sólo serviría para confundirlos. Brett todavía tiene miedo de que remplace a su padre y los gemelos querrían estar todo el tiempo contigo.

—Entonces dejaré mi puerta abierta. Así sólo tendrás que bajar las escaleras cuando quieras estar conmigo.

—Me parece bien. También tenemos las mañanas hasta que acabe el colegio a finales de semana. Si no estás demasiado ocupado con tu familia.

—No lo estoy —aseguró Nash alzando la mano para entrelazar los dedos con los suyos—. Y hablando de mi familia: ¿te gustaría venir conmigo a alguna de las reuniones multitudinarias? Tú y los chicos.

No sabía por qué le había pedido aquello y esperaba que Stephanie no le pidiera que se lo explicara.

La suerte estaba de su lado. Ella asintió al instante con la cabeza.

—Sería estupendo. Me lo pasé muy bien en la última y mis hijos también. Tanta familia puede llegar a resultar intimidante.

—Yo no me siento intimidado.

—Porque tú eres un tipo duro.

—Ya lo sabes tú.

Stephanie se rió y luego se deslizó de nuevo sobre el colchón.

—De acuerdo, entonces me lo tomaré como si te hiciera un favor. Tú me rascas a mí y yo te rasco a ti.

—Me gusta cómo suena eso —aseguró Nash acercándose más y bajándole las sábanas hasta la cintura—. ¿Dónde dices que te pica?

Ella le echó los brazos al cuello y lo besó.

—Por todas partes.

Capítulo nueve

Stephanie siempre había pensado que pintar una habitación era una pesadez, pero aquella tarde se encontró a sí misma canturreando mientas trabajaba. De repente, el sonido del rodillo sobre la pared le resultaba alegre y vitalista. No la molestaba el olor, porque tenía las ventanas de la casa del guarda abiertas y el sol de tarde inundaba la habitación. Ni siquiera las agujetas que sentía en aquellos músculos que llevaba tanto tiempo sin utilizar conseguían apagar su buen humor. Tenía la impresión de que haría falta una desgracia seria para arrancarle la sonrisa del rostro.

La vida era maravillosa, pensó mientras deslizaba la pintura clara sobre la pared. La vida era maravillosamente maravillosa.

Stephanie se rió por lo bajo y estiró el brazo. Aquel movimiento le repercutió en la cadera, que le dolió un poco por haber abierto las piernas todo lo que pudo para recibir a Nash en su interior. Aquella incomodidad fue un aliciente más para su alegría. Tener agujetas tras una aburrida clase de gimnasia no era muy satisfactorio, pero tenerlas después de una maravillosa sesión de sexo con un amante increíble valía la pena totalmente. Todo su interior todavía se estremecía con pequeños escalofríos de placer y Stephanie no pudo evitar suspirar de alegría. Nunca se había considerado a sí misma como una chica de aventuras cortas, pero estaba claro que aquello era algo que tenía que haber hecho años atrás.

—Nunca se me pasó por la cabeza —murmuró en voz alta.

Con tres hijos y una bonita hipoteca, estaba más preocupada por salir a flote tras la muerte de Marty que de satisfacer ningún deseo sexual. Transcurrido un tiempo llegó incluso a olvidarse de que tenía deseos. Hacer el amor con su marido era agradable, pero con el paso del tiempo el recuerdo se fue borrando. No quería tener otra relación con ningún hombre, así que supuso que la vida íntima había terminado para ella.

Hasta que Nash le mostró un mundo de posibilidades. Y qué posibilidades. Habían hecho el amor dos veces antes de tomar la decisión de trabajar un poco. Habían pasado menos de tres horas desde que salió de su cama y ya estaba deseando volver a entrar.

Calculó mentalmente el tiempo que faltaba hasta que los chicos se acostaran y se preguntó cómo iba a sobrevivir tanto tiempo sin que Nash la tocara. Ahora que sabía que era incluso mejor que en sus fantasías quería aprovechar cada segundo que tuvieran para estar juntos.

—No estás trabajando —dijo Nash apareciendo desde la cocina—. Estás de pie en la escalera con una sonrisa en la boca.

Stephanie soltó una carcajada.

—Si te digo que estaba pensando en nosotros, ¿te parecería bien?

—Me parecería estupendo.

Nash se recostó contra el marco de la puerta. Un hombre alto y guapo con una paleta de albañil en la mano. Se había puesto una camiseta azul marino y unos pantalones vaqueros. A ella le gustaba que fuera tan eficiente en todo lo que hacía, ya fuera dar de llana una pared o hacerla gritar de placer. Le gustaba que le preguntara con naturalidad qué quería que le hiciera cuando estaban en la cama y que le preguntara en qué podía ayudarla cuando estaban fuera de ella. Le gustaba que estuviera un poco nervioso respecto a su nueva familia y que quisiera utilizarla a ella como escudo. Nunca se lo había dicho con aquellas palabras pero Stephanie sabía leer entre líneas.

Pero lo que más le gustaba era que eran iguales. Él tenía necesidades y ella también. Nadie estaba al mando. Nadie obedecía.

Cuidaban el uno del otro mientras conseguían lo que deseaban.

—¿Qué tal va el encalado? —preguntó dejando el rodillo sobre la bandeja.

—Ya he terminado con la cocina —respondió Nash mirando las paredes—. ¿Seguro que no quieres que pinte yo esto? Eres un poco bajita para llegar hasta arriba.

—Para eso inventaron la escalera —contestó ella—. Me gusta pintar. Si quieres ayudar puedes ponerte con las ventanas. Ya he tapado los cristales pero todavía no he empezado con los marcos.

—Claro —dijo Nash dejando la paleta encima de un cesto de caucho antes de agarrar un bote pequeño de pintura y una brocha.

—¿Y cómo es que un agente del FBI aprendió a pintar? —le preguntó Stephanie.

—Ayudé a pintar nuestra casa un par de veces cuando era pequeño —contestó él recorriendo con mano experta el marco de la ventana—. Y de vez en cuando le echo una mano a algún compañero de la oficina.

—¿Te gusta tu trabajo?

Nash la miró un instante antes de volver a concentrarse en la ventana.

—La mayor parte del tiempo sí. Pero a veces la cosa se pone fea.

Stephanie no sabía en qué consistía exactamente su labor pero sabía que tenía algo que ver con negociar con criminales que retenían rehenes. Que las cosas se pusieran feas tal vez significara para Nash que alguien muriera.

—¿Cómo te metiste en esa rama de la investigación?

—El FBI me reclutó cuando acabé la universidad —contestó él encogiéndose de hombros—. Trabajé en Dallas durante un tiempo e hice un máster en psicología. Entonces asistí a un curso que daba un negociador. Me entrené, trabajé con él durante un tiempo y me di cuenta de que tenía el temperamento necesario para hacer algo de ese tipo.

—¿Quieres decir que sabes cómo manejar situaciones de gran estrés?

—Sí. Y también distanciarme de las emociones inherentes a la situación.

«Distante y controlado», pensó Stephanie. Así había sido durante la reunión de su familia en la pizzería. Amable pero no muy implicado. Le envidiaba aquella fortaleza emocional. Si ella fuera capaz de tener un poco tal vez hubiera podido dejar a Marty.

—Entonces, seguramente serías enervante cuando tu mujer quisiera pelear —dijo—. Ella estaría con los nervios a flor de piel, a punto de estallar, y tú tan tranquilo actuando con calma y raciocinio.

Stephanie estaba bromeando, pero en lugar de sonreír Nash parecía pensativo.

—Éramos muy distintos —admitió sin dejar de pintar el marco—. Tina vivía la mayor parte del tiempo en un vértice emocional. Se alimentaba de eso. Nunca pensé que llegaría a convertirse en agente.

Stephanie estuvo a punto de dejar caer el rodillo. Agarró el extremo con las dos manos y trató de no parecer demasiado impactada.

—¿Era agente del FBI?

Nash asintió con la cabeza.

¿Quién lo hubiera imaginado? Stephanie no había pensado demasiado en su esposa, pero de haberlo hecho hubiera dicho que aquella mujer era... Frunció el ceño. No estaba muy segura de qué habría pensado. Pero desde luego nunca que era una agente federal.

—Nos conocimos en la instrucción. Yo era uno de sus monitores. Pensé que era demasiado impulsiva y quise echarla. Pero lo votamos y perdí.

Stephanie se giró de nuevo hacia la pared y siguió pintando. Era mejor dar un par de pasadas que quedarse de pie en la escalera con la boca abierta.

—No es un comienzo muy romántico —dijo.

—No, no lo fue. Yo pensaba que era una

débil y ella pensaba que yo era un tipo rígido y estirado. Se mudó y me olvidé de ella. Un año después volvimos a encontrarnos. Nos habían asignado el mismo caso.

«Para hacer algo peligroso», pensó Stephanie. Capturar a los malvados o salvar vidas inocentes. Allí habría mucha tensión, y la adrenalina daría lugar a la pasión.

A Stephanie no le gustó nada el nudo que se le formó en el estómago al sentirse la típica madre aburrida de treinta y tantos años.

—Si luego os casasteis supongo que cambiaríais la opinión inicial que teníais el uno del otro —dijo ella.

—Siempre fuimos opuestos —respondió Nash encogiéndose de hombros.

—A veces eso funciona.

—No funcionó con Marty y contigo.

En eso tenía razón.

—No estoy muy segura de que fuéramos opuestos. Más bien queríamos cosas distintas —respondió Stephanie pensando que le resultaba más seguro pensar en su marido que en la mujer de Nash—. O tal vez fuera que yo no estaba dispuesta a pagar el precio por hacer siempre mi voluntad. No me gustaba ser siempre yo la responsable, la adulta, pero Marty no me dejaba elección. Alguien tenía que asegurarse de pagar las facturas y de que hubiera comida en la casa. Pero había veces que envidiaba su capacidad para no preocuparse de cosas como el dinero. Yo nunca conseguí relajarme tanto.

—Adquiriste muchas responsabilidades siendo muy pequeña. Yo creo que los niños que tienen que crecer deprisa nunca se olvidan de lo que supone ser pequeño y estar a cargo de todo. A mí me pasó lo mismo en mi casa. Mi madre trabajaba muchas horas y mi hermano era un rebelde completo. Nació para romper las reglas. Aunque fuéramos gemelos, yo me sentí siempre el mayor.

Nash se giró entonces y la miró.

—¿En qué momento nos hemos puesto así de serios? Se supone que la gente que tiene una aventura no habla de cosas tan profundas.

—No lo sabía —respondió ella con una sonrisa—. Ésta es mi primera aventura, así que tendrás que ponerme al día con las normas.

Nash dejó la brocha en el bote de pintura y avanzó en su dirección.

—Las reglas las ponemos nosotros.

—¿De veras?

Los ojos de Nash desprendían un brillo que le provocó escalofríos. Al verlo aproximarse Stephanie dejó el rodillo en la bandeja y se inclinó hacia delante. Fue un beso duro y apasionado que la dejó sin respiración. Sintió la llama del deseo haciendo explosión en su interior. Le rodeó el cuello con los brazos y lo atrajo hacia sí.

—Han pasado menos de tres horas y ya te deseo de nuevo —murmuró Nash contra sus labios—. A este paso no vamos a avanzar mucho en el trabajo.

—No me importa.

—Me alegro, porque yo...

Un ruido captó su atención. Ambos se giraron. Stephanie dio un respingo cuando vio a Brett en la puerta de la casa del guarda. Por la expresión de su rostro supo que la había visto en brazos de Nash y que se sentía traicionado. Antes de que ella pudiera decir nada, Brett salió corriendo.

El deseo se esfumó completamente dando lugar a la culpa y la confusión. Por una parte se alegraba de que Brett recordara a su padre y siguiera pensando en él. Pero por otra sabía que no tenía por qué cerrarse a esa parte de la vida sólo porque su hijo de doce años no lo aprobara. Brett tenía que aprender que no pasaba nada por avanzar con la vida. Pero ¿sería aquél el mejor momento para mantener aquella conversación? Y de ser así, ¿qué le diría? Para complicar aún más la situación, Nash y ella no tenían una relación que pudiera explicarles a sus hijos.

No tenía a nadie a quien preguntarle, pensó con tristeza. Nadie con quien compartir sus preocupaciones. Como la mayoría de las veces tendría que enfrentarse sola a ello.

Dio un paso en dirección a la casa principal, pero se detuvo cuando Nash le tocó el brazo.

—Brett está enfadado —dijo él.

—Lo sé.

—Tal vez sea mejor que lo discuta con otro hombre.

—¿Quieres hablar con Brett de lo que ha visto? —preguntó Stephanie mirándolo con los ojos muy abiertos.

—No es que *quiera,* pero puedo imaginarme lo que está sintiendo. No voy a contarle lo que pasa entre nosotros pero podría tranquilizarlo.

Stephanie consideró la oferta. Su parte madura le dijo que Brett era su hijo y su responsabilidad. Nash era un buen tipo y un amante estupendo, pero no tenía hijos y conocía a los suyos desde hacía muy pocos días. Por lo tanto debería ser ella la que aclarara las cosas con Brett. Pero el resto de ella estaba deseando colocar el problema sobre el regazo de Nash y dejar que lo resolviera él.

—Debería ir yo a hablar con él —dijo.

—Sigue pintado —contestó Nash besándola fugazmente—. Dame diez minutos. Si para entonces no he regresado ven a buscarnos.

A Stephanie le resultaba extraño delegar.

No estaba acostumbrada a evitar responsabilidades. Se debatía entre lo que debía hacer y lo que le resultaba más fácil. Pero antes de que hubiera tomado una decisión, Nash salió de la casa del guarda.

«Diez minutos», se dijo mirando el reloj. No podría meter demasiado la pata en tan poco espacio de tiempo.

Nash entró en la mansión y se detuvo un instante para escuchar. Entonces escuchó un ruido brusco y se dirigió a la cocina en lugar de subir las escaleras.

Cuando abrió la puerta se encontró con Brett vaciando el lavaplatos. Tenía los hombros caídos y una chispa de dolor en sus ojos azules.

—Hola —dijo Nash—. ¿Qué tal?

El chico se giró a toda prisa y lo miró con expresión furiosa.

—No puedes estar aquí —le gritó—. Eres un huésped. Los huéspedes tienen que quedarse en las zonas comunes, no en la cocina. La cocina es para la familia. Vete.

Nash cerró la puerta tras de sí y se acercó al chico. Brett apretó un plato entre las manos como si estuviera dispuesto a utilizarlo como arma en caso necesario.

—¿No me has oído? —le preguntó.

—Lo he oído todo. Incluso lo que no has dicho.

Nash reconocía la impotencia del muchacho, la frustración que alimentaba su rabia. Sabía que Brett deseaba ser lo suficientemente fuerte como para obligar a Nash a salir de la cocina, de la casa y de la vida de su madre.

Aquellos antiguos sentimientos seguían allí, pensó Nash algo sorprendido mientras tomaba asiento al lado de la mesa. Estaban enterrados y casi olvidados, pero todavía eran reales. ¿Cuántas veces había deseado golpear a Howard? Ya había sido horrible que Howard y su madre estuvieran saliendo, pero fue peor cuando anunciaron que iban a casarse y que Howard adoptaría a los niños. Como si fueran bebés. Como si lo necesitaran.

—Tu madre es una dama encantadora —dijo Nash muy despacio, buscando las palabras adecuadas, tratando de recordar qué lo habría hecho sentirse a él mejor—. Es guapa y muy divertida.

Miró de reojo a Brett y le dedicó una media sonrisa.

—Seguramente a ti te parece mayor, pero a mí no. Me gusta mucho.

Un destello de miedo cruzó por los ojos de Brett. Nash se inclinó hacia delante y clavó los codos en las rodillas.

—Lo cierto es que estoy de paso —dijo—. No voy a quedarme. Dentro de un par de semanas regresaré a Chicago. Allí es donde vivo y donde tengo mi trabajo. Allí está mi vida.

¿Su vida? Por primera vez desde la muerte de Tina Nash se dio cuenta de que estaba mintiendo. Lo que tenía no se parecía ni remotamente a una vida. Tenía un trabajo y punto. Y algunos amigos a los que apenas veía. Vivía solo y estaba más que harto de ello. Sacudió la cabeza para desprenderse de aquellos pensamientos. Ya les dedicaría tiempo más tarde. En aquel momento lo importante era Brett.

—Comprendo muy bien por lo que estás pasando —dijo Nash.

—Sí, claro —respondió el chico dándose la vuelta.

—De acuerdo. Los mayores siempre dicen lo mismo. Es un aburrimiento, ¿verdad? Pero en este caso es verdad. Tu padre murió. El mío ni se dignó a aparecer por allí después de dejar a mi madre embarazada. Sólo estábamos ella, Kevin y yo. Mi madre era muy joven y no tenía dinero, así que fue muy duro. Trabajaba mucho. Se preocupaba mucho. Yo odiaba verla así, así que ayudaba todo lo que podía. Algo parecido a lo tuyo con los gemelos.

Brett trazó una línea imaginaria en la encimera. Nash no podía asegurarlo pero tenía la impresión de que estaba escuchando.

—Ellos son todavía muy pequeños —continuó diciendo—, pero tú comprendes que para ella es muy duro. Te preocupas. Y lo último que necesitas es que venga un tipo a poner tu familia patas arriba.

Brett levantó la vista y lo miró sorprendido.

—A nosotros nos pasó —aseguró Nash asintiendo con la cabeza—. Mi madre empezó a salir con un tipo llamado Howard. Supongo que no era mala persona. Pero yo nunca confié en él. ¿Por qué había aparecido? Aquél no era su sitio.

—¿Qué ocurrió? —preguntó Brett.

—Se casaron. Yo no quería, pero lo hicieron de todos modos.

La historia no terminaba allí, pero Nash no se molestó en seguir. Ya había dicho lo que quería.

—Yo no soy así —le dijo a Brett—. Me gusta tu madre y me gustaría verla mientras esté en la ciudad. Pero me voy a marchar, así que esto es algo temporal. No quiero casarme ni remplazar a tu padre. Quería que lo supieras, explicártelo de hombre a hombre.

Nash esperó a que Brett sopesara la información. Entonces el muchacho soltó un suspiro.

—De acuerdo. Lo entiendo.

Seguía teniendo aspecto turbado pero ya

no parecía tan asustado.

—Supongo que mi madre necesita alguien con quien hablar y todo eso —aseguró entornando la mirada—. Pero no deberías besarla en sitios donde todo el mundo pueda veros. Mis hermanos no lo comprenderían. No se acuerdan de papá y podrían pensar que vas a quedarte.

—Tienes razón. Lo recordaré —aseguró Nash poniéndose de pie—. Una cosa más, Brett. Tal vez no me creas pero es la verdad. Si tu madre llega a enamorarse de alguien y quiere casarse con él, eso no significa que ese alguien usurpe el lugar de tu padre. Nadie puede hacerlo. Tal vez incluso te caiga bien ese hombre y tampoco pasaría nada. Pero tu padre siempre será tu padre.

Brett parecía confuso pero no dijo nada. Nash pensó que había hecho todo lo que había podido. Alzó la mano.

—¿Amigos? —le preguntó.

Brett se quedó mirando fijamente su palma y luego a él. Finalmente se acercó y chocaron las manos.

—Supongo que podemos ser amigos —dijo el chico.

—A mí me gustaría —contestó Nash haciendo un gesto indicativo con la cabeza—. Ahora voy a volver a la casa del guarda. Si a ti te parece bien…

Brett asintió con la cabeza.

—Dile a mi madre que voy a cambiarme de ropa y que iré también a echar una mano.

—Sé que te lo agradecerá.

Brett se dirigió a la puerta y vaciló un instante.

—Gracias por explicarme la situación, Nash —dijo clavando la vista en el suelo.

—De nada.

Nash regresó a la casa del guarda y se encontró con Stephanie esperándolo impacientemente en la puerta.

—Estaba a punto de cumplirse el plazo —dijo mirándolos alternativamente a él y al reloj—. Un minuto más y me presento allí.

Estaba tratando de sonreír al hablar, pero se le notaba la preocupación en los ojos.

—Lo hemos arreglado —aseguró Nash.

Y luego le contó la conversación que había mantenido con Brett.

Cuando terminó Stephanie se sentó en el suelo y se llevó las rodillas al pecho.

—Gracias por aclarar las cosas con él. Antes podíamos hablar de todo, pero últimamente me he dado cuenta de que las cosas han cambiado. Supongo que es porque se está haciendo mayor. No tengo ninguna gana de que se convierta en un adolescente, eso está claro.

—Lo superará, igual que tú —aseguró Nash sentándose a su lado—. Es un buen chico.

—Demasiado bueno. A veces es un incordio, pero siempre está tratando de ayudar. A veces me dejo llevar. Y cuando lo hago tengo que recordarme que sigue siendo un niño, no mi asistente personal. Está entrando en esa edad en la que necesita tener un referente masculino. A veces pienso que debería superar mi miedo a comprometerme con otro irresponsable y casarme solamente para quitarle trabajo a Brett. Necesita un respiro.

Stephanie siguió hablando pero Nash ya no la escuchaba. Se dedicó a recordar una conversación que había tenido con su madre poco después de que ésta le dijera que iba a casarse con Howard. Nash había protestado diciendo que no necesitaban a ningún hombre. Su madre había intentado explicarle que Howard era una buena persona a la que ella quería mucho.

—Pero hay algo más —le había dicho—. Mi matrimonio con Howard significa que ya no tendrás que ser el hombre de la casa. No tendrás tanta responsabilidad. Eso es lo que quiero para ti.

En aquel momento Nash se sintió como si lo estuvieran apartando de su propia familia. Ahora, al mirar atrás, se preguntó si su madre habría estado igual de preocupada por él que Stephanie lo estaba por Brett.

Capítulo diez

Nash rodeó a Stephanie con sus brazos y la atrajo hacia sí. Ella apoyó la cabeza sobre su hombro y suspiró. El cálido soplo de aire acarició el cuello de Nash y lo hizo pensar en otras caricias. La sangre que se le agolpó en el cuerpo le hizo desear llevarse a Stephanie arriba en aquel preciso instante, pero resistió el deseo que crecía en su interior. Tenían toda la noche para hacer el amor. En aquel momento se limitaría a disfrutar de tenerla cerca.

La noche estaba límpida y fría. Allá a lo lejos brillaban las estrellas. Escuchó el sonido de una música en la puerta de al lado. Los chicos estaban en la cama, aunque seguramente no se habrían dormido todavía, lo que era razón suficiente para no entrar todavía.

—¿En qué estás pensando? —le preguntó Stephanie, sentada a su lado en el último escalón del porche—. ¿En que mi cuerpo te excita tanto que no puedes esperar a arrancarme la ropa? Y si estás pensando en eso, más te vale mentir.

—También estaba pensando en tus hijos —aseguró Nash sonriendo—. Creo que sería mejor esperar a que los pequeños se durmieran antes de entrar.

—Bien visto. Siempre y cuando estés pensando en eso.

Nash ladeó la cabeza y la besó suavemente en la frente.

—Tengo dificultades para pensar en otra cosa.

—Ésa es una cualidad excelente en un hombre —aseguró Stephanie rodeándole la cintura con los brazos—. La cena ha sido muy divertida. Gracias por estar con nosotros.

—Yo también me lo he pasado muy bien. Los gemelos se parecen mucho físicamente pero tienen personalidades tan distintas que no me cuesta nada diferenciarlos.

—Es cierto —reconoció ella—. La verdad es que ha sido una velada muy divertida. A veces estoy tan concentrada en ayudar a los chicos a hacer los deberes que me olvido de lo que es sencillamente disfrutar de la compañía de mis hijos. Estar los cuatro juntos.

Nash entendía lo que quería decir, pero no le gustaba la idea de que Stephanie pasara el resto de su vida sin otro tipo de compañía. Estuvo a punto de decirlo en alto pero entonces cayó en la cuenta de que tampoco le gustaba la idea de que estuviera con otro hombre.

Aquello provocó en él un frenazo mental. No podía pensar ni por un momento en tener una relación seria con Stephanie. Aquello era estrictamente temporal.

—Ya sé que siempre dices que no quieres salir con nadie, pero seguro que en el fondo estás dispuesta a intentarlo —le soltó Nash.

Stephanie lo miró asombrada por el súbito cambio de tema.

—¿Por qué habría de estarlo? ¿Qué posibilidades tengo de no terminar con alguien exactamente igual que Marty? Parezco predestinada en esa dirección. Él fue el primer hombre del que enamoré de verdad. No quiero volver a arriesgarme.

—Entonces la próxima vez tómate tu tiempo. Conoce bien al tipo.

—¿Como he hecho contigo? Por mucho que diga que soy muy responsable, al parecer soy un poco impulsiva en el campo de las relaciones —aseguró ella soltando una carcajada—. Confía en mí. Esto es mucho mejor. Me lo estoy pasando de maravilla contigo y eso es suficiente. No tengo ninguna intención de volver a casarme.

Eso era algo que tenían en común, pensó Nash. Aunque todo lo que estaba diciendo Stephanie tenía sentido, no podía evitar preocuparse por ella.

—¿Y qué pasa con el dinero?

—Vamos, Nash —respondió Stephanie abriendo mucho los ojos—. El sexo ha sido estupendo, pero nunca tuve intención de pagarte por ello.

—No me refería a eso.

—Pero ya que hablamos del tema —susurró ella acercándose más—, creo que soy lo suficientemente buena como para que me pagues.

—¿De verdad? —preguntó Nash riéndose y sentándola en su regazo.

Stephanie se abrazó a él y sintió su dura erección. Se apretó más contra su cuerpo.

—Qué gusto —dijo—. Y qué grande. ¿Es todo para mí? —preguntó ronroneando.

—¿Crees que podrás manejarlo?

—Nada desearía más que manejarte todo entero. Entremos y desnudémonos.

Las palabras de Stephanie lo encendieron por completo. Quería tomarle la palabra al pie de la letra, pero no pudo esperar a besarla. Ella abrió la boca al instante y Nash entró, acariciándola con la boca hasta que tuvo la sensación de llegar allí mismo hasta el final.

Nash la apartó suavemente de encima de su regazo y se puso de pie. La ayudó a ponerse en pie y la levantó del suelo con los brazos. Ella le echó las piernas alrededor de la cintura y se quedó allí colgada. Nash avanzó hacia la puerta de entrada.

—Tengo que decirte que podría andar —murmuró Stephanie entre besos—. Pero así es mucho más excitante.

—Para mí también —aseguró él agarrándola firmemente del trasero—. Además, ¿no es el sueño de toda mujer dejarse llevar?

—Cariño, tú lo estás cumpliendo a rajatabla.

En otras circunstancias, Stephanie habría dado por hecho que ponerse a cantar mientras limpiaba el polvo del salón era motivo suficiente para acudir al psiquiatra. Era por la tarde y ni siquiera estaba oyendo ninguna canción en la radio.

No había dormido la noche anterior. En lugar de pasarse siete u ocho horas con los ojos cerrados las había pasado entre los brazos de Nash, descubriendo que las mujeres alcanzaban la cima sexual en la treintena. Estaba bastante cansada pero ya recuperaría fuerzas cuando Nash se marchara. Era mucho mejor aprovecharse de su proximidad y de sus habilidades mientras estuviera en la ciudad.

Stephanie se estiró para limpiar la parte de arriba de la lámpara del salón y le tiraron un poco los músculos de la espalda. Sonrió al recordar la ducha que se habían dado aquella mañana. Cómo se había agarrado ella a la puerta de la mampara para evitar caerse mientras Nash se arrodillaba entre sus piernas... El agua caliente caía sobre ambos mientras él utilizaba la lengua para hacerla gritar y estremecerse.

Sin dejar de tararear la melodía de una serie de dibujos animados, Stephanie terminó de pasar el salón y se dirigió a la cocina. Tuvo que pensar qué prepararía de cena. Luego tal vez podrían ir todos al videoclub y alquilar un par de películas. El colegio terminaba al día siguiente y los chicos no tenían deberes. Podrían...

El sonido de unas voces interrumpió sus pensamientos. Stephanie se detuvo un instante para averiguar su procedencia. Reconoció la voz grave de Nash y la de los gemelos. ¿Dónde demonios estaban? Inclinó la cabeza ligeramente. ¿En el cuarto de las herramientas?

Stephanie siguió el sonido y llegó hasta la parte de atrás de la casa. Efectivamente. Nash y los gemelos estaban en el lavadero. Y delante de ellos había una cesta rebosante de ropa.

Stephanie supo inmediatamente lo que estaba pasando. Le había pedido a los gemelos que subieran la ropa y la doblaran. La mayoría de las veces se mostraban dispuestos a cumplir con sus tareas, pero la colada era algo que los tres chicos odiaban más que cualquier otra cosa.

Nadie se dio cuenta de que ella estaba en el umbral. Observó cómo Nash tocaba a los chicos en el hombro.

—Tenéis una responsabilidad familiar —les dijo—. Vuestra madre trabaja mucho para que no os falte de nada. Y a cambio vosotros tenéis que ir al colegio y ayudar cuando os lo pidan.

Los dos niños asintieron con la cabeza.

—Bien —dijo Nash sonriendo—. Si trabajáis juntos como un equipo el trabajo irá mucho más deprisa. ¿Estáis de acuerdo?

—Pero Adam tiene que doblar la ropa —se apresuró a aclarar Jason—. La última vez me tocó a mí.

—No es verdad —respondió el aludido girándose hacia su hermano—. Lo hice yo. Te toca a ti. Siempre intentas que yo haga tus tareas, pero esta vez no lo vas a conseguir.

—Ya veo que esto es motivo de pelea —intervino Nash tratando de conservar la calma—. ¿Cómo sabéis de quién es el turno?

—Le toca a él —aseguró Jason frunciendo el ceño.

—No.

—Así que no hay nada escrito —dijo Nash.

Los dos niños negaron con la cabeza. Tenían la boca apretada, el ceño fruncido y los brazos cruzados sobre el pecho.

—¿Por qué no establecemos un sistema que resulte justo para los dos? —preguntó Nash tratando de ser razonable.

Stephanie reprimió una carcajada. Todo aquello sonaba muy bien, pero eran niños de ocho años. Si Nash no recuperaba el sentido seguramente se tiraría tres días hablando y al final terminaría doblando él mismo la ropa para terminar con aquello.

Entró en la habitación y señaló la cesta de la ropa.

—Llevadla arriba —dijo con firmeza—. Ahora. Cada uno doblará la mitad. Si el número de prendas es impar, dejad la última sobre la cama. Si no subís en este preciso instante ninguno de los dos tomará postre.

Jason abrió la boca para protestar. Pero su madre lo detuvo con un movimiento de cabeza.

—Ni una palabra —dijo—. Si dices algo te irás a la cama veinte minutos antes. Si entendéis lo que he dicho y estáis de acuerdo asentid lentamente con la cabeza.

Los dos niños miraron a su madre y luego se miraron el uno al otro. Suspiraron hondamente y asintieron.

—Bien —dijo Stephanie dando un paso

atrás para dejarles sitio para llevar la cesta—. Avisadme cuando hayáis terminado.

Agarraron cada uno la cesta de un asa y salieron del lavadero. Nash los vio marcharse.

—Soy un profesional —dijo él.

—Tú trabajas con criminales. Éstos son niños pequeños. Creo que los criminales son bastante más racionales.

—¿Eso crees?

—Pondría la mano en el fuego —respondió ella con una sonrisa—. Pero gracias por tu ayuda. Me ha gustado mucho que les dijeras que tienen responsabilidades. Tal vez la próxima vez funcione.

—¿Estás insinuando que he suspendido como educador?

—Estoy diciendo que has sido muy amable al intentarlo.

Nash le apartó de la cara un mechón de pelo y luego se hizo a un lado.

—Dame las llaves de tu coche.

—Están arriba, en la mesilla que hay al lado de mi habitación. ¿Para qué las quieres? ¿Se ha estropeado el coche de alquiler?

—No. Quiero echarle gasolina a tu coche. ¿Te importa si subo a por las llaves?

Stephanie asintió con la cabeza porque de pronto le costaba mucho trabajo hablar. De acuerdo, no tenía nada de particular que Nash quisiera echarle gasolina a su coche.

Pero aquel detalle inesperado le provocó un nudo en la garganta y le llenó los ojos de lágrimas. Mientras él subía las escaleras, Stephanie se descubrió a sí misma deseando, aunque sólo durara un segundo, que Nash no se marchara dentro de una semana. Que se quedara algo más de tiempo en Glenwood.

—Una locura —susurró—. Eso no puede ser.

El teléfono sonó en aquel momento. Fue una interrupción que ella agradeció. Fue a la cocina y descolgó el auricular.

—Hogar de la Serenidad. Soy Stephanie.

—Hola, Stephanie. Soy Rebecca Lucas. Nos conocimos en la pizzería hace un par de noches. No sé si te acuerdas de mí. Había tanta gente...

Stephanie recordó a una mujer alta y delgada de melena oscura y rizada.

Sí, por supuesto que me acuerdo de ti. ¿Cómo estás?

—Bien. Te llamo porque acaba de llamarme Jill. Craig, el mayor de los hermanos Haynes, libra hoy en el trabajo y sus hijos no tienen colegio. Para abreviar: hemos organizado una barbacoa improvisada aquí esta noche. Creo que van a venir todos los hermanos de Nash y quería invitarlo también a él.

Rebecca se rió.

—De hecho quería invitarte a ti y a los chicos también, si os viene bien.

Stephanie sabía que Nash no tenía ningún plan y que le apetecería ir. Dudó un instante antes de decir que sí en nombre de todos. ¿Sería aquello muy presuntuoso por su parte? Entonces recordó que Nash le había pedido que le echara una mano con su familia.

—Seguro que no nos viene bien, pero voy preguntárselo a él. Espera un momento, por favor.

Stephanie dejó el teléfono sobre la encimera y se dirigió a las escaleras. Se encontró con Nash, que bajaba en aquel momento, y le contó los planes de Rebecca.

—¿Tú quieres ir? —le preguntó él.

—Sí, pero es tu familia. ¿Quieres ir tú?

—Si tú vienes conmigo, sí.

—Bien. A los chicos les encantará la idea.

Stephanie dio un paso atrás pero no fue capaz de apartar la mirada de la de Nash. El mero hecho de estar cerca de él le provocaba una sensación extraña en el estómago, como si sintiera el aleteo de docenas de mariposas. La atracción entre ellos se hizo más poderosa y Stephanie suspiró sin disimulo.

—Sí —dijo Nash—. Yo también. Y ahora vuelve al teléfono. Si salimos la tarde pasará más deprisa. Cuando regresemos a casa será la hora de que los chicos se acuesten.

—Y nosotros también —susurró ella sintiendo un nudo en el estómago.

—Eso es exactamente lo que yo estaba pensando.

Stephanie cargó con la bolsa cargada de galletas de chocolate hasta la puerta trasera de aquella casa tan grande. Dudó un instante antes de entrar. Recordaba que le habían presentado a Rebecca Lucas en la pizzería, pero no era amiga suya. Entrar como si tal cosa le parecía de mala educación, pero también hubiera sido extraño llamar a la puerta con tal cantidad de niños entrando y saliendo.

Antes de que tomara una decisión, Rebecca abrió la puerta y le sonrió.

— Te he visto bajar del monovolumen —dijo con naturalidad—. Y también he visto cómo desaparecían tus hijos en cuando diste dos pasos y cómo Kyle ha salido al encuentro de Nash. Deja que te ayude —dijo agarrándole la bolsa.

—Dijiste que no trajera nada, pero no me parecía bien venir con las manos vacías. Todavía están congeladas. Lo digo porque si quieres meterla en la nevera te durarán al menos un par de semanas más.

—No caerá esa breva —aseguró Rebecca abriendo camino hacia la cocina—. Entre nuestros hijos, los de los Haynes y los de los vecinos, las galletas no durarán ni dos días.

La joven dejó la bolsa en la encimera y se giró para mirar a Stephanie.

—Los hombres están fuera preparando la barbacoa y las ensaladas están en la nevera. Así que no tenemos mucho que hacer, sino más bien relajarnos. ¿Quieres beber algo?

—Vale. Té helado, si tienes.

—Siéntate.

Rebecca le indicó con la mano los taburetes que había al final de la encimera. Stephanie se sentó mientras su anfitriona le servía un vaso de té helado.

—Todos sentimos mucha curiosidad por ti —admitió Rebecca sin preámbulos—. Kevin nos juró que su hermano no salía con nadie.

Stephanie no se esperaba un comentario de aquel tipo. Dio un sorbo a su vaso y volvió a dejarlo sobre la encimera antes de contestar.

—No estamos exactamente saliendo —aseguró cruzándose las manos sobre el regazo.

—No sé si creerte —respondió Rebecca—. Vi. el modo en que te miraba la otra noche.

Pero no voy a decir nada más al respecto —afirmó alzando los brazos—. No tengo intención de torturarte. La primera vez que oí hablar de Nash pensé en presentárselo a una amiga mía que está soltera, pero ahora no creo que sea una buena idea.

Stephanie se sentía como un pececito atrapado en una pecera de cristal. ¿Qué se suponía que tenía que contestar al comentario de Rebecca? Desde luego que no quería que Nash saliera con nadie más. El hecho de pensar que pudiera estar con otra mujer le provocaba una cierta sensación de incomodidad. Pero no tenía intención de explorar aquel sentimiento en particular.

—Nash y yo somos amigos —dijo finalmente—. Sólo va a estar un par de semanas en la ciudad, así que tu amiga tendría que conformarse con una relación pasajera.

—¿Cuánto tiempo tarda uno en enamorarse? —preguntó Rebecca—. Tal vez ahora seáis amigos, pero eso puede cambiar.

—Ni hablar —aseguró Stephanie agarrando de nuevo el vaso—. Soy más inteligente que todo eso.

—¿No eres partidaria del matrimonio? —preguntó Rebecca alzando las cejas.

—Está muy bien para los demás.

—Pero no para ti…

—Más o menos.

En aquel momento un puñado de niños entraron en la cocina seguidos de una pelirroja bajita a la que Stephanie reconoció enseguida.

—Hola, Jill —saludó cuando la otra mujer se acercó.

—¡Stephanie! Había oído que Nash y tú veníais. Qué bien.

Jill se agachó cuando una niña de unos tres años le tiró de los pantalones.

—Sarah, ya te he dicho que no vamos a picar nada. Comeremos dentro de media hora. Pero te puedo dar algo de beber.

Dos niños más de la misma edad aproximadamente reclamaron también sus bebidas. Rebecca accedió. Abrió un armarito, sacó una ristra de vasos de plástico y los colocó sobre la encimera.

—Tenemos zumo, leche y batidos —anunció.

Cada uno quería una cosa. Rebecca llenaba los vasos mientras Jill los iba pasando.

Stephanie se acercó al inmenso ventanal que daba al jardín. Allí había más niños jugando a la pelota. Pudo ver a todos los Haynes hablando juntos al lado de la barbacoa mientras que sus mujeres habían desplegado sillas de plástico debajo de un árbol. Todo el mundo parecía estar pasándoselo muy bien.

«Qué familia tan maravillosa», pensó Stephanie. Cuando era pequeña hubiera dado cualquier cosa por pertenecer a un grupo así. Siendo la única hija de unos padres más interesados en el arte que en la vida real había tenido tiempo de sobra para estar sola y suspirar por amigos, primos y familia.

Desvió su atención hacia el grupo de los hombres. Los estudió uno a uno antes de detenerse en Nash. Estaba un poco apartado del grupo. En aquellos momentos parecía tan solo que ella sintió una punzada en el corazón. Quería correr hacia él, abrazarlo fuerte y...

¿Y qué? No debía olvidarse de que se marcharía.

Por primera vez, aquella información no la hizo feliz.

Se estaba retirando de la ventana cuando vio a Jason correr hacia Nash. Su hijo de ocho años abrió los brazos y se lanzó sobre él. Nash lo agarró con naturalidad. Hombre y niño soltaron una carcajada. La boca de Stephanie se curvó en una sonrisa.

Apretó los dedos contra el cristal, como si pudiera tocarlos a ambos. Una extraña melancolía se apoderó de ella. Una melancolía absurda y peligrosa. Nash y ella habían sentado unas bases muy claras y era demasiado tarde para pensar en romperlas. Y además sería inútil. Aunque ella estuviera lo suficientemente loca como para considerar la posibilidad de darle una oportunidad a su corazón, Nash no lo estaba. Y eso era algo que tenía que tener muy claro.

Capítulo once

Después de cenar los hombres recogieron la basura y limpiaron la zona del picnic mientras las mujeres y los niños entraban en la casa para ocuparse del postre. Nash sacó una cerveza de la nevera y se la pasó a Craig, y luego se hizo con otra para él.

Todos los hermanos estaban sentados alrededor de la barbacoa apagada.

—Earl Haynes, nuestro padre, fue el único de sus hermanos que se casó —estaba contando Travis—. Yo dudo de que fuera fiel ni un solo día de su vida. Solía presumir de que era un buen padre y un buen marido porque regresaba cada noche a casa. Desde su punto de vista, dormir en su propia cama era suficiente. No importaba con quién hubiera estado minutos antes.

Los hermanos se intercambiaron miradas en silencio y luego Jordan volvió a tomar la palabra.

—¿Qué será biológico y qué no? —se preguntó en voz alta—. Ninguno de nosotros parece haber heredado esa tendencia a la infidelidad.

—Es cierto —aseguró Austin tomando por primera vez la palabra—. ¿Cuánto tendremos de nuestro padre? ¿Por qué después de tres generaciones de mujeriegos hemos conseguido por fin relaciones estables?

—No ha sido fácil —reflexionó Craig—. Yo cometí un error la primera vez, y ahí está mi divorcio como prueba.

—Yo también —intervino Travis—. Pero cuando conocía a Elizabeth todo pareció encajar.

—Cuando se encuentra a la mujer adecuada todo cambia —aseguró Jordan mirando hacia la casa.

—Sí, yo también lo he vivido —dijo Kevin con una convicción que provocó la envidia de Nash.

Tras años de correrías y de asegurar que no quería sentar la cabeza, su hermano gemelo había terminado por enamorarse.

Nash sintió de pronto deseos de preguntarle cómo podían estar tan seguros. ¿Cómo era posible que hubiera una mujer que fuera la adecuada? Cuando él salía con Tina nunca pensó en ella como alguien adecuado o inadecuado. Era alguien con quien salía y punto. Cuando ella presionó para llevar las cosas hacia el segundo nivel Nash estuvo de acuerdo. Cuando Tina habló de matrimonio, él consideró las opciones y finalmente se lo pidió. Pero ¿había sido la mujer adecuada? Lo dudaba.

—Ahora somos un atajo de viejos aburridos y casados —dijo Craig—. Con hijos, hipotecas, trabajos fijos y unas mujeres maravillosas.

—Brindo porque nada de todo eso cambie —aseguró Travis levantando su cerveza.

Los hombres brindaron con las latas. Nash se unió a ellos pero sabía que no tenía ninguna razón para hacerlo. ¿Quería que su vida continuara exactamente igual? Dos semanas atrás habría dicho que sí, que tenía todo lo que quería. Pero ahora, después de haber pasado unos días con Stephanie, no estaba tan seguro. Ella le había recordado que la vida era algo más que limitarse simplemente a existir. Hacía falta participar, y él había hecho todo lo posible por evitarlo.

En aquel momento Kevin se puso de pie y se acercó hasta donde él estaba.

—Y cuéntame, ¿qué hay entre Stephanie y tú? —le preguntó sin más preámbulo.

A Nash no les sorprendía que su gemelo hubiera notado su interés. Kevin y él no eran idénticos pero estaban más unidos que la mayoría de los hermanos y no tenían demasiados problemas para averiguar lo que pensaba el otro.

—Nada importante —aseguró Nash bajando los ojos.

—Eso no es lo que parece.

—Es una mujer fantástica pero no quiero tener ninguna relación estable. Y da la casualidad de que ella tampoco.

—No puedes seguir solo el resto de tu vida —aseguró Kevin.

—¿Por qué no?

—Porque es mejor estar con la persona adecuada.

Nash negó con la cabeza.

—Tú dices eso ahora porque has encontrado a Haley, pero hace seis meses pensabas que no se estaba nada mal solo.

—Querías a Tina lo suficiente como para casarte con ella. ¿Qué ocurrió que fuera tan malo como para que no te atrevas a arriesgarte de nuevo?

—No ocurrió nada malo.

Nada concreto. No podía pensar en una causa específica y decir: «Ésta es la razón por la que no quiero volver a tener una relación». Seguramente porque el problema no era el matrimonio, sino él mismo.

—Eres un cabezota —aseguró Kevin.

—Igual que tú.

—Lo sé. Mamá solía quejarse constantemente de eso —dijo Kevin con un suspiro—. Por cierto, quiero invitarlos a Howard y a ella unos días. Para que conozcan a todo el mundo. Sé que no te gusta la idea pero tendrás que aguantarte. No puedes…

—Por mí está bien —lo cortó Nash.

—¿Lo dices en serio? —preguntó Kevin mirándolo con asombro.

—Claro. Dales el nombre de la posada de Stephanie. Pueden quedarse allí.

Nash pensó en sus últimas revelaciones respecto al pasado. Tal vez las cosas no hubieran sido exactamente como él las recordaba. Tal vez al tener doce años había coloreado la realidad. Tal vez fuera el momento de cambiar algunas cosas.

—Estupendo. Los llamaré esta noche.

En aquel momento se abrió la puerta de atrás de la casa y docenas de niños salieron al jardín. Detrás iban varias mujeres, algunas llevando tartas, otras bandejas con galletas o tarrinas de helados. Stephanie tenía en la mano platos, tenedores y cuchillos.

Nash la observó moverse, vio la facilidad con la que caminaba y cómo sonrió cuando Adam y Jason se acercaron a la carrera. Ella se inclinó para decirles algo. Los niños se rieron, contestaron y luego se dirigieron hacia Nash.

Adam lo vio primero. Lo señaló con la mano y los gemelos corrieron hacia él. Nash tuvo apenas el tiempo justo para dejar la lata de cerveza en el césped antes de que los dos niños se tiraran en plancha encima de él.

Jason lo agarró de una pierna mientras que Adam le rodeó el cuello con los brazos.

—Mamá dice que podemos tomar helado con la tarta —anunció Jason con emoción.

—Dice que puedo comerme las guindas —aseguró Adam ladeando ligeramente la cabeza—. ¿Tú vas a tomar tarta, Nash?

—Por supuesto.

—Entonces ven.

Los gemelos lo agarraron cada uno de una mano y trataron de moverlo. Nash se impulsó para ponerse de pie. Cuando levantó la vista por encima de sus cabezas vio a Kevin observándolo. Conocía bien la expresión de su hermano.

Nash sintió el impulso de detenerse y decirle algo. Decirle que se equivocaba, aunque no estuviera muy seguro de en qué estaría pensando. No lo había pillado fuerte aquella historia, porque de hecho no lo había pillado en absoluto. Esta vez con Stephanie se trataba sólo de una distracción y poco más. No podía haber más... Porque no estaba dispuesto a pagar el precio que supondría una nueva relación.

Los niños no se acostaron de inmediato. Hicieron falta tres intentos y varias amenazas para conseguir meterlos en la cama con las luces apagadas. Stephanie cerró la puerta de la habitación de Brett y se dirigió al salón, donde Nash la esperaba. Se sentó a su lado en el sofá.

—Tendremos que esperar un poco —aseguró ella—. Estoy segura de que dormirán de un tirón toda la noche pero tal vez tarden un poco en pillar el sueño.

—Entonces hablaremos hasta que se duerman.

Stephanie se giró un poco para mirarlo a la cara.

—Vaya, un hombre más que decente en la cama al que encima le gusta hablar —bromeó—. ¿Cómo he podido tener tanta suerte?

—Ésa es una pregunta que debes hacerte a ti misma todas las mañanas.

Ella soltó una carcajada.

—Aunque te parezca sorprendente tengo otras cosas en mente cuando me levanto.

—Pues sí me sorprende. No deberías pensar en otra cosa que no fuera lo bien que te hago sentir.

De hecho aquello era en lo primero que pensaba pero no estaba dispuesta a admitirlo delante de él, y menos después de comprobar lo seguro que estaba de sus habilidades en el dormitorio. Aunque lo cierto era que Nash tenía motivos más que de sobra para sentirse orgulloso de sí mismo. El cielo sabía que hacía temblar de excitación cada rincón de su cuerpo.

—Hoy lo he pasado muy bien —dijo Stephanie—. Tienes una familia estupenda.

—Estoy de acuerdo. Todavía me cuesta trabajo asumir que hayan estado ahí todo el tiempo sin que yo lo supiera.

—Yo solía soñar con descubrir de pronto que tenía una gran familia —admitió ella—. Quería tener tíos, tías y un montón de primos. Sobre todo en vacaciones. Mi casa estaba siempre demasiado tranquila. Mis padres emergían de su trabajo lo justo para saber que era Navidad o mi cumpleaños, pero no participaban activamente. Recuerdo que solían regalarme juegos de mesa pero nunca se tomaban el tiempo para jugar conmigo. Yo intentaba ocupar el puesto de los dos jugadores, pero no era muy divertido.

—Eso es muy triste —aseguró Nash con mirada sombría.

—No me mires con lástima —le pidió Stephanie levantando la mano—. Ya lo he superado. Lo único que digo es que habría estado bien tener más niños alrededor. Tú por lo menos has tenido siempre a Kevin.

—No sólo a él, sino también a Gage y a Quinn. Siempre estábamos los unos en casa de los otros. Gage, Kevin y yo somos de la misma edad y Quinn es sólo un año más pequeño. Nuestras madres eran amigas también —le contó Nash reclinando la cabeza sobre el cojín del sofá—. Solíamos decir que éramos hermanos. Y al final, irónicamente, resultó ser verdad.

—¿Dónde está ese misterioso Quinn? —le preguntó Stephanie—. He oído hablar mucho de él pero todavía no lo conozco.

—Trabaja para el gobierno. En alguna rama secreta del ejército. Viaja por todo el mundo y no siempre está disponible. Gage le ha dejado un mensaje y en cuanto lo reciba aparecerá por aquí.

—Suena un poco peligroso. Me imagino a un tipo todo vestido de negro y con una gran ametralladora.

—Eso suena más a Quinn —aseguró Nash frunciendo el ceño—. De adolescente era un poco rebelde. No se llevaba muy bien con su padre. Aunque supongo que ya no se puede decir que Ralph siga siendo su padre. Al menos no biológicamente —dijo mirando a Stephanie—. Edie y Ralph no podían tener hijos. Es una historia complicada.

—Creo que es maravilloso que su madre ayudara a la tuya cuando ella fue rechazada por su propia familia al quedarse embarazada tan joven —dijo ella—. Aunque tu hermano y tú no supierais que erais parientes de Gage y Quinn crecisteis muy unidos.

—Me alegro de que Edie fuera tan cariñosa. Mi madre estaba en una situación muy mala —aseguró Nash sacudiendo la cabeza—. Apenas había cumplido los dieciocho años y tenía dos bebés. ¿Qué clase de padres echan a su hija de casa en semejantes condiciones? Edie estaba allí para ayudarla.

Nash estiró la mano y cubrió con ella la de Stephanie.

—¿Quién está para ayudarte a ti, Stephanie?

Aquella pregunta la pilló por sorpresa.

—Tengo amigos. En caso de urgencia me echarían una mano.

—¿Y qué me dices del día a día?

—Por desgracia la gente no hace cola en la puerta de mi casa para ayudarme —admitió ella—. Pero me las arreglo.

—¿Y te basta con arreglártelas?

Stephanie pensó que aquella conversación podría llevar a un terreno peligroso. Peligroso y tentador. Tal vez no le importaría fantasear con la idea de que Nash estuviera dispuesto a apoyarla en todo, pero la realidad era muy distinta y tenía que acordarse de mantener los dos mundos separados.

—Es una pregunta difícil de responder, porque no tengo elección —aseguró frotándose las manos—. Oye, cambiemos de tema.

La única responsabilidad que tienes conmigo es complacerme en la cama. Nada más.

Nash la observó fijamente como si quisiera decir algo más pero luego se limitó a asentir con la cabeza.

—Esta noche han estado hablando de nuestro padre —dijo—. Earl Haynes era un completo canalla.

—He oído muchos cotilleos al respecto durante los últimos años.

—Se acostaba por ahí con todo el mundo y no parecían importarle en absoluto ni su mujer ni sus hijos. Todos los hermanos tienen miedo de haber salido como él.

—Por lo que yo he visto, ninguno se le parece. ¿Tú también estás preocupado?

Nash se encogió de hombros.

—No debes preocuparte por eso —aseguró Stephanie acercándose más a él.

—¿Por qué no? ¿Cómo sabes que yo soy distinto? Me estoy acostando contigo.

—Sí, pero es sólo una prueba de tu excelente gusto.

—¿Eso crees? —preguntó él alzando levemente las comisuras de los labios.

—Estoy convencida.

Estaban tan cerca que Stephanie podía aspirar su aroma y sentir su calor. El deseo se apoderó de ella pero no actuó en consecuencia. Por una parte quería darles a los niños unos minutos más para que se durmieran y por otra le gustaba experimentar aquella sensación de anticipación. Tras tantos años viviendo en castidad era divertido sentirse de pronto como una gatita sensual.

—Al tener esa información sobre tu padre tienes la oportunidad de elegir con la cabeza —dijo—. Sabes lo que necesitas.

—Una de tus elecciones fue quedarte con Marty —respondió Nash—. ¿Crees que acertaste?

Stephanie suspiró.

—En lo que se refiere a mis hijos, sí. No los hubiera dejado por nada del mundo. Pero en lo respecta a mí personalmente, no. Marty no fue una buena elección. No fui feliz en mi matrimonio.

Nash estiró el brazo para acariciarle dulcemente la mejilla.

—¿Estás bien? Económicamente, me refiero...

—¿No hemos tenido ya esta conversación? —preguntó Stephanie.

—Sí, pero no contestaste a mi pregunta.

—Déjame adivinar. No vas a parar hasta que lo haga, ¿verdad?

Nash asintió con la cabeza.

Stephanie sabía que podía callarle la boca diciendo que nada de todo aquello era asunto suyo. Pero Nash sólo le estaba preguntado porque se preocupaba por ella, nada más. Aunque no tenía muy claro qué haría él si le dijera que tenía problemas económicos. ¿Le ofrecería un crédito a bajo interés?

Aquella idea le parecía divertida, pero no podía desviarse del tema. ¿Iba a contarle la verdad o no?

Se decidió por la verdad porque nunca se le había dado bien mentir.

—No nos va mal —comenzó a decir muy despacio—. Ya te he contado cómo era la vida con Marty, así que te imaginarás que no contábamos con mucho dinero extra cada mes. Yo era la única que tenía un trabajo fijo en la familia, y eso provocaba ciertas tensiones. Cuando Marty cobró aquella herencia fue como un milagro.

—Me sorprendió que me contaras que estuvo de acuerdo en comprar una casa. Eso no cuadraba con su estilo.

—No, no cuadraba. Tuvimos muchas peleas. Al final accedió pero con una condición. Compramos está mansión en lugar de una casa normal.

Stephanie alzó la vista para observar los techos altos de la zona familiar de la posada.

—Al principio la odiaba. Lo último que me hubiera gustado era tener una gran hipoteca y verme obligada a hacer reformas.

Cuando Marty murió me puse furiosa. Me había dejado sola con aquel desastre. Pero pasado el tiempo me di cuenta de que aquello era lo mejor que me podía haber pasado. Por aquí pasan gran cantidad de turistas y a muchos de ellos les encanta la idea de quedarse en una posada. He podido acometer yo sola muchas de las obras, lo que me ha ahorrado bastante dinero. Y como soy yo la que me organizo puedo estar con los niños cuando salen del colegio. Si tuviera un trabajo normal necesitaría ayuda doméstica y eso me resultaría económicamente inviable.

—Una información muy interesante —intervino Nash—. Pero no has respondido a mi pregunta.

—No nos va mal —le dijo ella—. Algunos meses se dan peor que otros. Conseguí que Marty mantuviera su póliza de seguros, así que cuando murió recibí una pequeña cantidad de dinero. No me la gasté. Si ocurriera alguna emergencia podría tirar de ella. Cruzo los dedos para no tener que utilizar nunca ese dinero —aseguró alzando una mano—. Si todo va bien lo utilizaré para pagar la universidad de los niños. Así que estoy bien —concluyó—. De verdad.

—Estás mejor que bien —respondió Nash con una sonrisa—. Eres responsable, generosa, y una excelente madre.

Aquel cumplido la halagó, pero se dijo a sí misma que aquello era una tontería. Y sin embargo se sentó un poco más recta y luchó contra el deseo de sonreír de puro orgullo.

—Lo intento.

—Y lo consigues.

Stephanie se giró y, sin dejar de mirarlo, se apoyó contra el respaldo del sofá.

—De acuerdo, ahora me toca a mí. Tú me has hecho una pregunta muy personal y quiero hacer lo mismo contigo.

—De acuerdo.

Stephanie pensó en todas las posibilidades que tenía y se decidió por la que más la turbaba de todas ellas.

—Háblame de tu esposa.

Ella lo observó de cerca, pero la expresión de Nash no cambió en absoluto.

—¿Qué quieres saber?

—Lo que tú quieras contarme. Lo que tú...

Stephanie se quedó sin palabras cuando un horrible pensamiento se le cruzó por la cabeza. ¿No querría hablar de ella porque todavía la seguía amando? Nash le había asegurado que no pensaba en su esposa cuando hacían el amor, pero ¿y se mentía? ¿Y si había fantasmas que...?

—No es por eso —dijo él.

Stephanie parpadeó varias veces.

—¿A qué te refieres?

—Estoy dudando porque no se qué contarte de ella, no porque tenga el corazón destrozado.

—Es un alivio —aseguró Stephanie apretando los labios—. Espera un momento. ¿Cómo sabías lo que estaba pensando?

—Lo he dado por hecho. Era lo más lógico.

—Ya.

Stephanie no se lo creyó ni por un segundo. Pero ¿qué otra explicación podría haber? Qué extraño era que Nash la conociera tan bien después de tan poco tiempo. A pesar de todos los años que habían estado juntos, Marty nunca había llegado a conocerla. ¿Se debía aquello a una carencia por parte de su marido o acaso era que nunca la había considerado lo suficientemente interesante?

—Cuando empecé a trabajar en el FBI —dijo Nash—, aprendí enseguida que saber mantener la distancia emocional era un punto a mi favor. Todas las situaciones son difíciles en mayor o menor medida, y si te dejas llevar por el corazón tienes muchas posibilidades de meter la pata. Aprendí desde niño a mantener las distancias emocionalmente hablando, y eso es algo que me ha servido de mucho en el trabajo.

Después de haberlo oído hablar de su familia, Stephanie no podía entender por qué Nash querría mantener aquella actitud. En ocasiones parecía distante de su familia, pero eso podía deberse a la timidez o a que fuera reservado. No había nada en la relación que tenía con ella ni con sus hijos que indicara que no fuera apegado, pero aquél no era el momento para hablar de eso. Stephanie se guardó la pregunta para formulársela más adelante.

—Ya te he hablado alguna vez de Tina. Era completamente opuesta a mí. Era emotiva, desorganizada, y se dejaba llevar siempre por el corazón en vez de por la cabeza. Al principio ni siquiera estaba seguro de que me gustara —aseguró entornando ligeramente los ojos—. Te hablo de después de que se convirtiera en agente. Mientras realizaba la instrucción nunca la vi. De otro modo que no fuera como compañera de trabajo.

—Por supuesto que no —murmuró Stephanie.

Se lo creía. Nash nunca rompería una norma de ese tipo.

—Empecé a salir con ella y una cita llevó a la otra. Pasado un tiempo Tina sugirió que viviéramos juntos. Casarse era el siguiente paso según una escala lógica.

Stephanie pensó que aquello era muy interesante. ¿Había sido Tina la que llevaba las riendas de la relación? Por lo que contaba Nash, parecía como si él se hubiera limitado a dejarse llevar.

—¿Cuántos años tenías cuando te casaste? —le preguntó.

—Veintisiete.

Bien. Aquélla era la edad habitual en que la mayoría de los hombres pensaba en sentar la cabeza. Entonces, ¿Tina estaba en el lugar adecuado en el momento preciso? Aquélla era una pregunta que no pensaba formular.

Stephanie resistió el deseo de golpearse a sí misma la cabeza. Sabía perfectamente lo que estaba haciendo. Si podía convencerse de que Nash se había casado con Tina únicamente porque era el momento adecuado, y no porque estuviera locamente enamorado de ella, entonces ella se sentiría de alguna manera más a gusto con la relación que estaban manteniendo. Un locura, pero así era. Se dijo a sí misma que tenía que pensar en otra cosa.

—No tuvisteis oportunidad de tener hijos —continuó diciendo—. Supongo que ella falleció antes de que os lo hubierais planteado en serio.

Nash se encogió de hombros.

—Nunca hablamos de ello. Yo siempre quise tener hijos. Supongo que Tina también. Entonces la mataron.

—¿Cómo? —preguntó Stephanie sin poder evitarlo.

—Cumpliendo con su deber. Hizo explosión una bomba.

Ella esperaba cualquier respuesta, pero desde luego no aquélla. Una bomba sonaba demasiado violento. Porque *era* violento, pensó. Violento, inesperado e impactante.

—Lo siento —susurró.

—Gracias.

La expresión de Nash no había cambiado mientras hablaba, pero había un brillo en sus ojos que le llegó al corazón.

—¿Quieres seguir hablando de esto o cambiamos de tema? —le preguntó.

—Cambiemos.

—Bien. Dime, ¿qué ocurrió para que un niño con un hermano gemelo y amigos cercanos decidiera desconectar emocionalmente? —le preguntó.

Nash sacudió la cabeza.

—Es más sencillo de lo que parece. Mi madre volvió a casarse cuando Kevin y yo teníamos doce años. Howard y yo nunca nos llevamos bien.

Aquello la pilló por sorpresa.

—¿Y seguís sin llevaros bien? Tu madre y él llegarán dentro de dos días. ¿Va a suponer eso un problema? —preguntó Stephanie frunciendo el ceño—. ¿Por qué demonios quieres que se queden aquí si no os habláis?

—Sí nos hablamos. No pasará nada.

—No os pondréis a gritaros el uno al otro en mitad del pasillo, ¿verdad? —insistió Stephanie sin terminar de creerse del todo las palabras de Nash.

—No. Si tenemos que gritar lo haremos fuera, como tiene que ser.

Ella sonrió.

—Me parece bien. Entonces dime, ¿ese distanciamiento emocional que tanto te gusta es la razón por la que no has salido con nadie desde que tu esposa murió?

—No. He evitado las relaciones porque amaba a Tina y no podré amar nunca más a nadie.

Stephanie se lo quedó mirando fijamente durante unos segundos y luego explotó en una carcajada.

—Venga ya. Eso es una tontería. ¿No podrás amar nunca más? ¿En qué momento hemos dejado la vida real para entrar en una telenovela? ¿Me estás diciendo que el corazón humano sólo tiene capacidad para amar una vez? ¿Y qué me dices de mis hijos? ¿Debería devolver a los gemelos porque ya quería a Brett cuando ellos llegaron?

Nash parecía tan conmocionado como si ella hubiera sacado una pistola y lo estuviera apuntando. El silencio tenso que se hizo entre ellos la obligó a preguntarse si no habría ido demasiado lejos. No podía hablar en serio cuando dijo que no podría amar de nuevo. La gente no funcionaba así. Pero ¿lo creería Nash así? ¿Se sentiría gravemente insultado?

Stephanie esperó con impaciencia mientras él la miraba fijamente. No podía leer su expresión... hasta que las comisuras de la boca de Nash se curvaron ligeramente hacia arriba.

—¿No te has creído mi actuación? —le preguntó por fin.

Stephanie sintió una oleada de alivio.

—Ni por un instante. ¿Se la cree alguien?

—Todo el mundo menos tú.

—Ya veo. Cuando dices «todo el mundo» te refieres a las mujeres, ¿verdad?

—En su mayor parte sí.

—Entonces deberías empezar a salir con mujeres un poco más inteligentes.

Nash se rió y le pasó el brazo por la cintura para ayudarla a subirse a su regazo.

—Me gusta que las mujeres me tengan un poco más de respeto que usted, señorita.

Stephanie le puso los brazos sobre los hombros y le rozó los labios con los suyos.

—Eso no va a ocurrir nunca si sigues hablando como un idiota.

—Idiota, ¿eh? Soy un idiota al que no

puedes resistirte...

Ella se inclinó para volver a besarlo.

—En eso tienes razón —susurró mientras se dejaba llevar.

Capítulo doce

Batea! —gritó Brett mientras lanzaba la bola al aire y la volvía a recoger—. Te toca, Adam. Adam se metió en el campo trazado sobre el césped que había delante de la casa y agarró el bate. Por lo que Nash sabía, Adam era el más tranquilo de los gemelos pero era mejor atleta. Había sido el mejor con diferencia en golpear la bola cada vez que Brett la había lanzado.

Brett lanzó con suavidad y Adam se giró. Se escuchó un ruido sordo cuando el bate golpeó la bola y ésta fue a parar directamente a Brett, que tuvo que saltar para hacerse con ella.

—Buen golpe —le dijo a su hermano.

Nash estaba en el porche, apoyado contra la fachada de la casa.

Los chicos estaban jugando en una esquina para, según palabras de Stephanie, «evitar todas las ventanas posibles».

Era una mañana cálida y limpia, el tiempo perfecto para las vacaciones de verano. Los chicos se habían levantado sorprendentemente pronto, al parecer debido a la emoción de no tener colegio. Stephanie lo tenía previsto y por eso había salido de su cama alrededor de las cuatro de la mañana. Nash durmió hasta que escuchó el sonido de unos pasos algo precipitados a eso de las siete menos cuarto. Estaba cansado y le picaban un poco los ojos, pero la falta de sueño era un precio muy pequeño por pasar la noche con una mujer que era la esencia misma de la sexualidad y la feminidad.

Nash ordenó a toda prisa sus pensamientos, sabiendo que si se deleitaba en todo lo que habían hecho juntos en la cama acabaría en un estado de lo más comprometido. No importaba cuántas veces hicieran el amor, él siempre quería más. Y la noche anterior no había sido una excepción.

Escuchó el sonido de la puerta principal al abrirse y el ruido de unos pasos en el porche.

—Estarán aquí en cualquier momento —dijo Stephanie deteniéndose a su lado y apoyándose en la barandilla—. ¿Seguro que para ti no supone un problema que tu madre y tu padrastro se alojen aquí?

—Estoy perfectamente —la tranquilizó Nash sonriendo—. De hecho estoy deseando que lleguen.

—Me lo creería más fácilmente si no me hubieras dicho que no te llevabas bien con tu padrastro —aseguró ella con expresión de no estar del todo convencida.

—El problema lo tengo sólo yo —confesó Nash sintiéndose por primera vez a gusto con aquella verdad—. No te preocupes.

—Lo intentaré —dijo Stephanie girando la vista hacia la calle—. Si van a quedarse aquí tendremos que tener más cuidado con nuestras idas y venidas.

—Es verdad —reconoció él, que no se había parado a considerar esa posibilidad.

Stephanie se giró y lo miró sonriente.

—Eso hará las cosas más excitantes.

—No creo que eso sea posible. Y si lo es uno de los dos sufrirá un ataque al corazón por los nervios.

—¿Me estás diciendo que lo nuestro te estresa? —preguntó Stephanie sonriéndole todavía más abiertamente.

—Estoy diciendo que ya es más excitante de lo que creí posible. Más excitación podría ser peligrosa.

—Pero tú eres un tipo duro. ¿No te gusta el peligro?

Las palabras de Stephanie provocaron en él la reacción predecible. Nash trató de no pensar en la sensación de calor y pesadez que notó en la parte inferior de su cuerpo. Por suerte, porque ocho segundos más tarde un sedán de cuatro puertas se detuvo detrás de su coche de alquiler.

—Ya están aquí —dijo.

Stephanie se puso rígida. El buen humor desapareció de la expresión de sus ojos y fue sustituido por la preocupación.

—¿Qué tal estoy?

—Perfecta —aseguró Nash inclinándose para besarla en los labios.

—Ésa es una respuesta excelente —contestó ella alegrando la cara.

Ambos avanzaron por las escaleras del porche y luego llegaron al sendero de la entrada. Cuando se acercaron se abrieron las puertas del coche. La madre de Nash, Vivian, puso un pie en la acera y sonrió.

—Qué ciudad tan bonita. Es un sitio encantador. Nash, podría jurar que sigues creciendo.

Él hizo una mueca al escuchar aquella broma familiar y luego la abrazó.

—Hola, mamá. ¿Qué tal el viaje?

—Estupendo —respondió ella besándolo en la mejilla—. ¿Y tú cómo estás? —le preguntó mientras le acariciaba el cabello.

La pregunta no se refería únicamente a su estado de ánimo aquel día en concreto. Nash sabía que su madre quería que continuara con su vida, que dejara atrás el pasado. Que encontrara a alguien y se asentara.

—Estoy bien.

—¿De verdad? —insistió su madre escudriñándole el rostro—. Eso espero.

La puerta del coche se cerró y Vivian se giró hacia su marido.

—¿Verdad que Nash ha crecido, Howard?

—Vivian, lamento tener que decirte que nuestro chico dejó de crecer hace algunos años —dijo Howard afectuosamente dando la vuelta al coche para estrechar la mano de Nash—. Me alegro de verte. ¿Cómo te trata la vida?

—Estupendamente, como siempre.

Nash dio un paso atrás y les presentó a Stephanie.

—Es la dueña del Hogar de la Serenidad —dijo—. Ya veréis qué maravilla de desayunos.

—Encantado de conocerlos, señor y señora Harmon —dijo ella—. Espero que disfruten de su estancia.

—Por favor, llámanos Vivian y Howard —le pidió la madre de Nash.

—De acuerdo.

Se escucharon un par de gritos desde el otro lado de la casa. Stephanie miró hacia aquella dirección.

—Tengo tres hijos. Ya os los presentaré después. Vivimos en la planta de arriba de vuestra habitación pero no os preocupéis. No estamos justo encima.

—Lo vamos a pasar de maravilla —aseguró Vivian recogiéndose un mechón de cabello oscuro detrás de la oreja—. ¿Desde cuando tienes la posada?

—Va a hacer cuatro años. ¿Te gustaría ver tu habitación?

—Me encantaría. ¿Quieres que lleve algo? —preguntó Vivian girándose hacia su esposo—. No quiero que cargues tú con todo.

—Me gusta cuidar de ti —respondió Howard sonriéndole—. Entra y regístrate. Estoy seguro de que Nash insistirá en llevar la maleta más pesada. Nos arreglaremos bien.

Vivian asintió con la cabeza y apretó suavemente el brazo de su esposo. No fue una caricia especial, sólo un tenue roce, algo que Nash había visto hacer a su madre cientos de veces. Pero por primera vez se fijó en el afecto que transmitía la pareja, en la expresión de alegría y felicidad dibujada en el rostro de su madre. Ella amaba a aquel hombre. Lo había amado durante casi veinte años.

Las dos mujeres se encaminaron hacia la casa. Howard abrió el maletero y soltó una carcajada cuando vio el equipaje.

—Ahora comprenderás por qué tuve que alquilar un coche grande en el aeropuerto. Tu madre no es de las que viajan ligeras de equipaje. Siempre trae cosas de más *por si acaso*. En mi opinión ha traído ropa suficiente como para dar la vuelta al mundo, pero ella lo negará. Supongo que si algún día hacemos ese viaje se llevará la casa entera, sólo por si acaso.

Howard sacudió la cabeza y empezó a sacar maletas. Le empezó a hablar del vuelo y de quién se había quedado al cuidado de su casa mientras estaban fuera. Mientras lo escuchaba, Nash se dio cuenta de que no había ninguna tensión entre ellos, al menos por parte de su padrastro.

Metieron dentro el equipaje y se encontraron con Vivian y Stephanie en el mostrador de recepción.

—Le estaba diciendo a tu madre que los niños se portan bastante bien —dijo Stephanie—. No harán demasiado ruido.

—Y yo le estaba diciendo a Stephanie que echo de menos el ruido que hacían mis hijos cuando estaban en casa —reconoció Vivian sacudiendo la cabeza.

—Lo dudo —dijo Nash—. Siempre nos estabas gritando para que bajáramos la música o el volumen de la televisión.

—¿En serio? —preguntó Vivian con extrañeza soltando una carcajada—. Yo no recuerdo nada de eso.

—¿Os gustaría comer algo cuando hayáis deshecho el equipaje? —preguntó Stephanie—. No tenemos restaurante, pero estaré encantada de hacer unos bocadillos y hay varios tipos de ensalada.

—Suena maravillosamente, querida —aseguró Vivian agarrando las manos de Stephanie—. Dime dónde está la cocina y te echaré una mano mientras Howard y Nash suben las cosas.

Stephanie se quedó algo desconcertada con aquella sugerencia.

—Pero tú eres un huésped.

—Tonterías. Quiero ayudar. O por lo menos hacerte compañía. Podrías hablarme de tus hijos.

Stephanie miró de reojo a Nash, que estaba sonriendo.

—No pasará nada.

—Por supuesto que no pasará nada —intervino su madre—. Y ahora dime, ¿dónde está la cocina?

—Yo quiero extra de queso en mi bocadillo —exclamó Howard a sus espaldas.

Vivian movió los dedos en su dirección y se rió.

—Siempre me lo recuerda —dijo cuando las dos mujeres llegaron al pasillo—. Como si alguna vez se me hubiera olvidado.

Nash agarró la llave que Stephanie había dejado en recepción y cargó con dos maletas. Subieron al segundo piso y se dio cuenta al instante de que la habitación no estaba cerca de la suya, lo que significaba que Stephanie y él no tendrían que andar de puntillas cuando todo el mundo se hubiera acostado. Bien pensado por parte de ella, se dijo sonriendo.

—No tengo suficientes platos —dijo Stephanie tratando de no entrar en pánico—. Ni vasos.

—Utiliza los de plástico —exclamó Nash saliendo del cuarto de las herramientas en dirección al garaje, donde había varias sillas plegables.

—Utiliza los de plástico —murmuró ella entre dientes—. Para él es fácil decirlo.

Aunque era una buena idea. ¿Tenía platos y vasos de plástico?

Stephanie se detuvo en medio de la cocina y trató de recordar si había guardado los que sobraron tras el último cumpleaños de los gemelos. Entonces abrió uno de los armarios. En la estantería superior, a la que ella no llegaba, había tres paquetes sin abrir de platos.

—Fuera quedan todavía un par de ellas —dijo Nash entrando con cuatro sillas.

—Ya hemos bajado las de arriba y las del comedor —recordó Stephanie con expresión de disgusto—. No hay suficientes.

—Vamos, deja de preocuparte por detalles nimios.

—¿Te parece un detalle nimio que la gente no tenga dónde sentarse?

—Por supuesto. Los niños estarán encantados de sentarse en el suelo.

Nash dejó las sillas en el suelo y se acercó a ella. Le rodeó la cintura con los brazos y la besó.

—Gracias por ofrecerte como anfitriona para la cena.

Con sólo sentirlo cerca, Stephanie ya se sentía más tranquila.

—Estoy encantada de que venga toda tu familia. De verdad. Pero necesito que me bajes esos platos de ahí arriba.

Cuando Nash se los bajó a Stephanie se le ocurrió mirar el reloj. Se quedó helada al ver la hora que era.

—Estarán aquí en cualquier momento. Coloca las sillas. Yo empezaré a poner los cubiertos.

Nash hizo lo que le decía y ella se apresuró a recolectar cucharas y tenedores.

Kevin había llamado un poco antes para sugerir otra cena familiar improvisada. Para que nadie tuviera que cocinar, propuso traer comida china. Stephanie ofreció su casa para la ocasión. Vivian y Howard se habían llevado a los chicos al restaurante chino y habían traído comida suficiente como para alimentar a un batallón.

—Vasos —murmuró Stephanie—. Las sodas se están enfriando. Tengo leche y zumo para los niños. He hecho té. Hay...

El sonido de un timbre interrumpió sus pensamientos.

—Nash, está sonando tu teléfono móvil.

—¿Puedes atenderlo tú? —exclamó él desde el cuarto de las herramientas—. Está en la entrada, al lado de mis llaves.

Stephanie corrió hacia la parte delantera de la casa. El sonido se hizo más intenso a medida que se acercaba. Cuando vio el teléfono lo agarró y apretó el botón para hablar.

—¿Diga?

Se hizo un momento de silencio.

—¿Podría hablar con Nash Harmon, por favor? —preguntó finalmente una voz masculina.

—Claro. Un momento.

Stephanie recorrió el pasillo y se encontró con Nash llevando más sillas.

—Es para ti —dijo ella—. Yo me encargo de esto.

—No, las dejaré aquí mientras —aseguró él apoyándolas contra la pared y agarrando el teléfono.

Ella hizo ademán de retirarse discretamente a la cocina pero Nash la rodeó con el brazo que tenía libre y la atrajo hacia sí.

—Harmon —dijo él.

Stephanie no podía escuchar lo que decía el hombre, así que se conformó con relajarse sobre el pecho amplio y fuerte de Nash. Cerró los ojos y aspiró con fuerza el aire.

—Pensé que no querías que me ocupara de más misiones —dijo entonces.

Tras escuchar un rato más lo que el hombre decía, Nash volvió a hablar.

—Pensaré en ello y te llamaré —contestó antes de sonreír—. No es asunto tuyo. Sí, es muy guapa. He tenido suerte. Sí, te lo haré saber dentro de unos días —concluyó tras una breve pausa.

Nash colgó el teléfono.

—¿Era tu jefe? —preguntó Stephanie ignorando conscientemente el comentario de «sí, es muy guapa».

Nash asintió con la cabeza.

—Quería hablarme de un trabajo que pensó que podría interesarme. En una ciudad nueva, un cambio de escenario. Pensó que me vendría bien.

—¿Por qué cree que lo necesitas? —preguntó Stephanie mirándolo fijamente.

Nash se metió el teléfono en el bolsillo de la camisa y la abrazó.

—No tuve opción para estas vacaciones. Mi jefe insistió en que me las tomara. Estaba preocupado por mí.

—¿Por qué? —preguntó ella sorprendida.

—No me había tomado nunca vacaciones desde la muerte de Tina.

Stephanie se apartó de él instintivamente. Antes de que supiera lo que estaba haciendo se retiró lo bastante como para apoyarse en la otra pared del pasillo. No le gustaba nada que Nash ya no sonriera.

—¿Te estás escondiendo en el trabajo? —preguntó sabiendo que era una pregunta obvia.

—Sí, pero no por las razones que tú piensas.

Stephanie no sabía en qué razones pensar. Sólo sabía que no quería que él siguiera enamorado de su mujer.

—¿Y cuáles son esas razones? —insistió tratando de mantener la voz en un tono neutro.

Nash aspiró con fuerza el aire y clavó la vista en un punto indefinido del techo.

—Ya te conté que Tina murió estando de servicio, en la explosión de una bomba. Lo que no te dije fue que yo también estaba allí. Me habían llamado para negociar en una situación en la que había rehenes. Convencí a los tipos para que se rindieran. Cuando salieron supe que algo no iba bien pero no pude concretar el qué. Luego me di cuenta de que las cosas habían resultado demasiado fáciles. Le dije a mi equipo que esperara pero Tina no me escuchó. Era muy impulsiva. Diez segundos después entró corriendo en el edificio para liberar a los rehenes y yo comprendí por qué los secuestradores se habían rendido.

Stephanie no quería pensar en ello, no quería ni imaginárselo, pero sabía lo que había ocurrido.

—La bomba hizo explosión.

Nash asintió con la cabeza sin variar un ápice su expresión.

—Tina, otro agente y todos los rehenes murieron.

Él se sentía culpable. Stephanie lo sabía porque conocía a Nash y porque ella también se habría echado la culpa en las mismas circunstancias. Absurdo, pero así era.

—Nadie más piensa que fuera culpa tuya.

—Eso tú no lo sabes —respondió Nash mirándola.

—¿Me equivoco?

—No.

—Así que tú te culpas y te refugias en el trabajo. Y ahora tu jefe te ofrece un trabajo distinto pensando que así reaccionarás.

—Algo parecido.

—¿Necesitas que te hagan reaccionar?

—Ahora mismo no —respondió Nash relajando los músculos—. Tú me haces mucho bien, Stephanie.

Sus palabras la enternecieron de un modo que nada tenía que ver con el deseo y sí con el corazón. También él le hacía bien. Le hacía desear creer en el amor y en el futuro. Le hacía desear que...

Stephanie parpadeó mentalmente. «No vayas por ahí», se dijo a sí misma. Nash era algo temporal y no debía olvidarlo. No tenía ningún sentido desear la luna. Terminaría desilusionada y triste.

—Estoy contratada para proporcionarle un servicio completo —dijo tratando de bromear—. No olvide mencionarlo en sus comentarios. Eso me dará puntos de cara a la dirección.

—Estoy hablando en serio —aseguró Nash avanzando hacia ella—. Desde que te conozco, yo...

Fuera lo que fuera lo que iba a decir, se perdió bajo el sonido de las puertas de un coche cerrándose bruscamente. Stephanie se moría por saber qué iba a decirle pero estaban a punto de ser invadidos por las hordas de la familia Haynes.

—Guarda ese pensamiento —le dijo aunque supiera que no volverían nunca a tocar aquel tema.

Lo sabía porque ella se aseguraría de que así fuera. Fuera lo fuera lo que Nash iba a decirle no era algo que Stephanie quisiera oír.

—Yo nunca podría hacer lo que tú haces —le dijo Howard a la mañana siguiente.

—La mayor parte de mi trabajo consiste en hacer papeleo —le recordó Nash mientras ambos trotaban por el tranquilo vecindario.

—Pero cuando no es así, hay vidas en juego. Admiro tu capacidad para manejar esas situaciones.

Había algo de orgullo en el tono de voz de Howard. Un orgullo de padre. Nash se dio cuenta de que lo había escuchado docenas de veces antes. Tal vez desde la primera vez que conoció a Howard. Se sintió como un imbécil. Había estado tan ocupado alimentando su resentimiento hacia su padrastro que no se había dado cuenta de que aquel hombre se preocupaba por él. Que lo quería.

—Pasaste muy malos momentos cuando empezaste a salir con mamá —dijo Nash—. Recuerdo que Kevin y yo no te pusimos las cosas fáciles.

—Me hicisteis luchar por conseguir la plaza —contestó Howard sonriendo mientras respiraba con cierta dificultad—. Pero valió la pena. Además, yo estaba loco por tu madre. Algunos amigos míos temían que sólo estuviera interesada en encontrar un padre para vosotros, pero yo la quería demasiado como para que eso me importara. Y por supuesto, estaban equivocados. Supongo que veinte años de matrimonio son una buena prueba de ello.

Cuando llegaron a la esquina se detuvieron un instante en el semáforo antes de seguir corriendo por la calle. La mañana estaba clara y todavía algo fresca, aunque más tarde se calentaría.

—Teníamos doce años cuando empezasteis a salir juntos —dijo Nash—. Si mamá hubiera querido buscar un padre para nosotros habría empezado a buscar antes.

Howard lo miró de reojo y luego se secó el sudor de la frente.

—Estabais a punto de entrar en la adolescencia. Ése es el momento en que los chicos necesitan que haya un hombre cerca. Tu madre estaba preocupada por ti.

—¿Por qué por mí? Yo era el bueno.

—Es cierto. Como Kevin era el malo, él recibía toda la atención. Vivian tenía miedo de que tú te sintieras olvidado. Hablamos mucho de ello antes de casarnos.

Howard se calló durante un instante y le palmeó la espalda.

—Para mí los dos sois como mis hijos. Habría querido a Vivian exactamente igual aunque vosotros no vinierais en el mismo saco, pero aquí entre nosotros, saber que formabais parte del trato lo hacía irresistible.

Nash no supo qué decir. Se sentía extraño y estúpido. Como si todos aquellos años hubiera estado actuando bajo unas reglas que no tenían nada que ver con el partido que se estaba jugando.

—Howard —comenzó a decir muy despacio—, yo...

Su padrastro sonrió.

—Ya lo sé, ya lo sé, Nash. Lo he sabido siempre. Yo también te quiero.

Para celebrar que los chicos no tenían colegio, la familia Haynes, acompañada de los Harmon y los Reynolds, ocupó la gran mesa en forma de «u» situada al fondo del restaurante.

Nash ocupó su asiento y escuchó las conversaciones que flotaban a su alrededor. En medio de semejante multitud su primer instinto era retirarse, observar mejor que participar. Pero tras haber salido a correr aquella mañana con su padrastro, pensó que lo mejor sería dejar de dar por hecho las cosas que lo incumbían. Al parecer, nada era como él pensaba que había sido.

«Tantos años perdidos», pensó con tristeza. Howard había estado allí para él y no se había dado cuenta. ¿Cuántas cosas más de la vida se había perdido?

El sonido de una risa interrumpió sus pensamientos. Miró al otro lado de la mesa y vio a Stephanie y a Rebecca riéndose juntas. Menuda, rubia, con el pelo corto y una boca diseñada especialmente para volverlo loco, Stephanie era una fantasía hecha realidad. Le gustaba el modo en que había encajado con su familia. En menos de veinticuatro horas su madre y ella se habían hecho amigas.

La deseaba. Eso no era ninguna novedad. Pero aquella mañana se trataba de un sentimiento diferente. Quería algo más que sexo. Quería…

Nada que pudiera conseguir, se recordó desviando la mirada. Miró en otra dirección y descubrió a Brett observándolo. Sonrió al chico, que comenzó a devolverle la sonrisa, pero enseguida giró la cabeza. Era una ironía, pero Nash sabía exactamente lo que pensaba el chico. Seguía viéndolo como una amenaza.

Pensó en la posibilidad de volver a tranquilizar a Brett, pero se dio cuenta de que no tenía sentido. Qué demonios, él no había escuchado a Howard años atrás. ¿Por qué habría de escucharlo Brett a él? Y sin embargo le gustaría encontrar las palabras adecuadas. La vida sería mucho más fácil para el chico si lo entendiera, del mismo modo que para Nash también lo hubiera sido de haber comprendido que Howard no era un problema. Todos aquellos años perdidos cuando podrían haber estado muy unidos.

Nash odiaba los arrepentimientos, los «podría haber sido». Y no quería tenerlos con Howard. ¿Y con Tina? Su matrimonio nunca había sido perfecto. Tal vez si él se hubiera esforzado más por mejorarlo, entonces tal vez no se sentiría tan culpable todo el tiempo, tal vez...

Se encendió una luz en su cerebro. Parecía como si hubiera estado caminando entre nieblas durante los últimos dos años, desde el día en que su mujer murió.

Impresionado, casi asustado de lo que pudiera ver, Nash miró a sus hermanos con sus esposas y sus prometidas. Los miró a la cara, a los ojos, y observó el modo en que constantemente se tocaban. Hombres y mujeres enamorados.

El amor. Eso era lo que había fallado en su matrimonio. Había vivido por inercia, pero nada más. Nunca debió haberse casado con Tina porque no la amaba. Y había tardado dos años en descubrirlo.

Capítulo trece

Stephanie se despertó con una sensación de contento. Se puso boca arriba y sonrió. Cuando todos dormían se había deslizado a la habitación de Nash y había disfrutado de una noche increíble. Se estiró sin dejar de sonreír y puso un pie en el suelo. Al hacerlo miró el reloj. Y pegó un grito.

Eran las ocho y media de la mañana. Había puesto el despertador a las seis y media. ¿Qué había ocurrido? No tardó mucho en averiguarlo: al agarrar el reloj se dio cuenta de que se le había olvidado encender la alarma. Corrió como una exhalación al cuarto de baño y se lavó a toda prisa la cara y los dientes. La ducha tendría que esperar. Los huéspedes esperaban su desayuno.

En menos de seis minutos estaba relativamente arreglada y bajando por las escaleras. Los chicos ya se habían levantado. Lo supo porque las puertas de sus dormitorios estaban abiertas y podía escuchar sus voces.

Stephanie parpadeó varias veces al imaginarse qué pensarían de ella los padres de Nash. Se armó de valor y entró en la cocina.

—Hola, mamá —la saludó Brett desde la mesa.

—¡Mami! —gritaron los gemelos al unísono.

Todos estaban desayunando. Al parecer se trataba de bollos y beicon. Stephanie miró a su alrededor y descubrió a Nash delante del horno. ¡El hombre estaba cocinando! No salía de su asombro.

—Buenos días —la saludó él con una sonrisa—. Mis padres están en el comedor. Les he servido el café y el periódico. Howard quería una tortilla y se la he hecho. Mi madre sigue quejándose de lo gorda que se va a poner por culpa de tus deliciosos bollos. He metido otra bandeja en el horno. Brett me indicó la temperatura que tenía que poner.

—Nash nos dijo que estabas cansada y que te dejáramos dormir —respondió el chico encogiéndose de hombros.

Stephanie tenía un nudo en la garganta y sentía deseos de llorar. Lo que había hecho Nash la conmovía como hacía años que nada la conmovía. Había cuidado de ella. Tal cual, sin esperar nada a cambio. Stephanie no sabía que existieran hombres así.

En aquel momento sonó el timbre de la puerta.

—Ya están aquí —murmuró Nash consultando su reloj—. Justo a tiempo.

—¿A tiempo para qué? —preguntó ella entornando los ojos.

—Ahora lo verás —aseguró Nash dirigiéndose a la puerta.

Stephanie dudó un instante antes de decidirse a seguirla. Lo que vio la dejó casi tan impresionada como ver a Nash cocinando. Allí estaban la mayoría de los miembros del clan Haynes. Todos los hermanos estaban allí, y también algunas de las mujeres. Esta vez, en lugar de comida y bebida, llevaban botes de pintura, cajas de herramientas, escaleras y otros enseres de trabajo. Se reunieron en la casa del guarda, como si esperaran instrucciones.

—¿Qué están haciendo aquí? —preguntó Stephanie con los ojos abiertos como platos.

—Han venido a ayudarte porque yo se lo he pedido. Sé que llevas mucho tiempo trabajando en la casa del guarda para trasladarte a vivir allí. Me voy dentro de unos días y quiero dejarla lista antes de marcharme. ¿Te parece mal que haya hecho esto?

—No —consiguió decir ella en un hilo de voz.

A media tarde la casa estaba casi terminada. Cuando el clan Haynes se marchó después de recibir el entusiasta agradecimiento de Stephanie, Nash fue de habitación en habitación, encantado con el resultado. Lo único que faltaba era la carpintería nueva. En cuando Stephanie se hubiera instalado podría trasladarse allí con los chicos. Tendrían su propio espacio independiente de los huéspedes. Estarían a salvo.

Se la imaginaba allí, con sus muebles, sus libros, los juguetes de los niños... Convertirían aquella casita en un hogar.

¿Se veía a sí mismo también allí?

Aquella pregunta lo pilló por sorpresa. ¿Quería estar allí? ¿Quería quedarse con Stephanie y con sus hijos? Eso significaría implicarse emocionalmente. Las emociones no eran seguras, se recordó. Las emociones eran confusas y difíciles de controlar. Y si perdía el control de su vida...

Sonó entonces su teléfono móvil. Lo sacó del bolsillo de su chaqueta y apretó el botón para hablar.

—Harmon.

—Soy Jack —le dijo su jefe—. Tenemos un problema.

Cinco minutos más tarde Nash apagó el teléfono y se dirigió a la casa principal. Encontró a Stephanie en la cocina con Brett. Ella lo miró y palideció al instante.

—¿Qué ocurre? —le preguntó.

—Me ha llamado mi jefe. Ha tenido lugar

un atraco en un banco de San Francisco y las cosas han salido bien. Se han escuchado tiros y hay rehenes. Viene de camino un helicóptero del ejército para recogerme —aseguró consultando el reloj—. Estará aquí dentro de unos seis minutos.

—¿Quieres que haga algo? —preguntó Stephanie tratando de controlar sus emociones—. Tus padres se han ido al parque con los gemelos. Les contaré lo que pasa cuando regresen.

—Te lo agradezco. No sé cuánto tiempo estaré fuera. Estas cosas llevan su tiempo. Después tendré que hacer todo el papeleo.

—No te preocupes por nada —aseguró ella haciendo un gesto con la mano—. Yo te haré la maleta y luego puedes llamarme para decirme dónde enviártela.

Nash se quedó sorprendido. Stephanie estaba dando por hecho que no iba a regresar. Cierto que sólo le quedaban un par de días de vacaciones, pero aun así...

—Me alegro de que te vayas —dijo Brett con rabia.

Nash giró la vista hacia el niño y lo vio limpiarse los ojos con el dorso de la mano.

—Lamento tener que irme —le dijo poniéndose de rodillas delante de él—. Pero esto es importante.

—No me importa.

215

—Pero a mí si. Me importa mi trabajo y me importáis tu madre, tus hermanos y tú. Pero tengo que irme porque hay unos hombres malos reteniendo a unos rehenes. Si no voy alguien podría morir.

—Entonces promete que regresarás.

Stephanie colocó las manos sobre los hombros de su hijo.

—Cariño, ¿recuerdas lo que hablamos? Nash tiene su propia vida —aseguró alzando la vista para mirar a Nash—. Sabíamos que esto era algo temporal, ¿recuerdas? Lo único que ocurre es que ha terminado un poco antes de lo que pensábamos. Al menos nos ahorraremos una despedida larga y dolorosa.

Nash quiso decirle que regresaría. Quiso decirle que no deseaba marcharse. Pero antes de que pudiera encontrar las palabras adecuadas escuchó un sonido familiar.

—El helicóptero está aquí.

Se inclinó para abrazar a Brett. Luego se puso de pie y estrechó a Stephanie entre sus brazos.

—Cuídate —le dijo ella dando un paso atrás.

Tenía los ojos llenos de lágrimas.

Nash se sentía como si lo hubiera golpeado con un mazo. Tenía cientos de cosas que decir y no había tiempo. Se dirigió al helicóptero sintiendo el corazón pesado y el pecho tirante. Una vez dentro miró por la ventana hasta que Stephanie y Brett no fueron más que un par de puntos. Cuando ya no pudo verlos más siguió mirando de todas formas, sabiendo que seguían allí.

Los gemelos estaban sentados en la cama y miraban a su madre mientras ella hacía la maleta de Nash. Según habían dicho las noticias, los rehenes habían sido liberados por la mañana. Stephanie había estado esperando una llamada telefónica pero al mediodía, al ver que nada sucedía, aceptó el hecho de que Nash se había ido para siempre.

Saber que ella había sido la que le dijo que no hacía falta que regresara no la hacía sentirse mejor. Ni tampoco ayudaban las caras de los niños.

«No más relaciones», se prometió en silencio. Ni los niños ni ella podrían soportarlo. Se había enamorado del primer tipo con el que se acostaba desde la muerte de Marty. Y sus hijos también echaban de menos a Nash. Si un hombre podía poner su vida patas abajo en un par de semanas, ¿qué ocurriría si empezara a tener citas?

Pero Stephanie sabía que no sería lo mismo. Se había enamorado de Nash, y daba igual con quién saliera. Le había entregado a

217

él su corazón y pasaría mucho tiempo antes de que pudiera ofrecérselo a otra persona.

Dobló las camisas antes de meterlas en la maleta y luego se giró hacia los gemelos.

—No puedo creer que tengáis unas caras tan largas la primera semana de vacaciones —les dijo.

—Brett dice que no quiere salir de su habitación —la informó Jason.

—Lo sé. Pero tengo una idea estupenda que nos hará a todos sentimos mucho mejor. ¿Por qué no vamos a la piscina? —exclamó esperando oír gritos de júbilo.

—Vale —se limitó a responder Adam mientras Jason salía en silencio de la habitación.

Stephanie avanzó hasta el pasillo y se acercó hasta las escaleras.

—Brett, ponte el bañador —gritó—. Vamos a la piscina. Y es obligatorio ir.

—¿Va todo bien? —preguntó Vivian con amabilidad abriendo la puerta de su cuarto—. Los chicos están hoy demasiado tranquilos...

—Echan de menos a Nash —admitió Stephanie—. Creo que les vendrá bien ir a la piscina con sus amigos.

Esperó a que Vivian le hiciera alguna pregunta, pero la madre de Nash se limitó a sonreír.

—¿Te importa si Howard y yo vamos con vosotros? Nos gusta estar con los niños.

Stephanie vaciló un instante. Lo único que le faltaba era que sus hijos se encariñaran con más gente que acabaría marchándose. Pero sería de mala educación decirle a Vivian que no. Además, desde un punto de vista egoísta, le gustaba estar con los padres de Nash. No sólo le recordaban a él, sino que además eran buenas personas.

—Nos encantará disfrutar de vuestra compañía —aseguró Stephanie—. Pero os advierto que es un sitio muy ruidoso.

—No hay problema. Danos cinco minutos y estaremos listos.

La piscina municipal de Glenwood estaba tan llena de gente y de ruido como ella había imaginado. Stephanie guió el grupo hasta una esquina con sombra y los dejó allí situados. Luego se dirigió al socorrista para darle los nombres de sus hijos e informarlo de que los tres eran buenos nadadores. Cuando estaba a punto de regresar al lado de los padres de Nash alguien le dio un golpecito en el hombro. Se dio la vuelta y vio a Rebecca Haynes.

—No sabía que ibas a venir hoy a la piscina —le dijo con una sonrisa—. Nosotros hemos venido en grupo, como casi siempre.

¿Has sabido algo de Nash?

—He visto en las noticias que todo ha terminado felizmente, pero aparte de eso no he sabido nada.

—Estoy segura de que volverá pronto —aseguró Rebecca.

Stephanie asintió con la cabeza aunque tenía muy claro que no volvería a verlo nunca más.

—Voy a decirle a los demás que estás aquí —dijo la joven—. Nos pondremos contigo.

Stephanie no podía protestar. Sería una grosería. Y además, no se trataba de que los Haynes le cayeran mal. Pero le recordaban demasiado a Nash.

Sólo era una tarde, se dijo mientras regresaba al lado de Vivian a Howard para hacer sitio. Podría soportarlo. Por la noche, cuando estuviera sola, podría soltar las lágrimas que tenía a punto de desbordarse en las compuertas de sus ojos. Y con el tiempo, aquel dolor casi insoportable se convertiría en algo llevadero.

En cuestión de minutos Rebecca y compañía se habían reunido con ellos. Stephanie trató de concentrarse en la conversación, pero Kevin y su prometida también estaban allí, igual que Kyle. Y cada vez que miraba a aquel hombre alto y de pelo oscuro se acordaba de Nash. Entonces le latía a toda prisa el corazón y tenía que recordarse que se había marchado. Stephanie se descubrió a sí misma deseando lo imposible, imaginando cómo hubiera sido la vida si Nash hubiera querido quedarse. Si se hubiera enamorado de ella como ella de él, si...

—¿Te encuentras bien? —le preguntó Rebecca en voz baja.

Stephanie asintió con la cabeza y se vio obligada a limpiarse las lágrimas de las mejillas. No podía hablar, sólo podía sollozar. «Contrólate», se dijo a sí misma. Tenía que controlarse.

Rebecca le dijo algo más pero ella no pudo oírlo. Tardó menos de un segundo en comprender de dónde provenía aquel ruido que inundaba el cielo. Miró hacia arriba y vio un helicóptero aproximándose.

—¡Es Nash! —exclamó Jason poniéndose de pie y corriendo a abrir la valla que separaba la piscina del césped.

Stephanie salió detrás de él. Nash no aparecería en Glenwood subido en un helicóptero, y aunque se tratara de él, su regreso no significaba que nada hubiera cambiado. Aquella noche tendría que hablar con sus hijos y recordarles que Nash había sido un huésped y nada más, y que...

Stephanie se quedó congelada en la puerta. Dos coches de policía taponaron la calle mientras el helicóptero tomaba tierra. A ella le latió a toda prisa el corazón cuando vio bajarse a un hombre alto y de cabello oscuro.

Sus hijos se lanzaron a los brazos de Nash. Ella no podía escuchar lo que decían pero él estaba inclinado abrazándolos a todos. Los ojos de Stephanie se llenaron de lágrimas. No podía hacer aquello, pensó. No podía fingir que no le importaba, lo que significaba que estaba a punto de hacer el ridículo más absoluto delante de todo el mundo.

Pero ni siquiera aquella amenaza de humillación pública le impidió salir corriendo hacia él.

Nash se estiró y abrió los brazos. Ella se lanzó a ellos y se quedó allí, consciente de que no quería dejarlo marchar nunca. Quería que fuera su hombre para siempre. ¿Tendría el valor de decírselo a él?

—Te he echado de menos —susurró él abrazándola con tanta fuerza que a punto estuvo de dejarla sin respiración—. Cada minuto.

La intensidad de sus palabras alentó la esperanza de Stephanie.

—Yo también —le confesó.

Nash la besó con fuerza y luego se apartó un poco para mirarla a la cara. Sus ojos oscuros desprendían un brillo que ella no le había visto nunca antes.

—Quiero cambiar las reglas —dijo Nash—. No quiero ser un huésped temporal. No quiero marcharme. Quiero que las cosas se compliquen y sean para siempre. Te amo, Stephanie. Te amo de un modo como nunca antes había amado a nadie. Quiero casarme contigo y envejecer a tu lado. Quiero que seamos una de esas parejas que provoca entre los jóvenes suspiros de envidia. Quiero tener un hijo contigo. A ser posible una niña.

Stephanie no podía hacer otra cosa más que escuchar la melodía de aquellas maravillosas palabras. ¿La quería? ¿De verdad?

—¿Me amas?

—Sí. ¿Te sorprende?

Ella sintió una oleada de alivio, de felicidad y de esperanza que le hizo sentir que podría flotar por el aire.

—Estoy impresionada —aseguró besándolo—. Yo también te amo. Sé que no debería, pero no puedo evitarlo.

—No pienso protestar por ello. ¿Quieres casarte conmigo, Stephanie? Sé que tenemos que ultimar muchos detalles, pero son sólo cuestiones logísticas. Yo puedo pedir el traslado. Qué demonios, puedo incluso cambiar de trabajo. Sólo quiero estar contigo y con los niños.

Alguien le tiró a Stephanie de la manga de la camiseta. Ella se dio la vuelta y vio a sus hijos a su lado.

—Di que sí, mamá —dijo Brett.

—Muy bien, chicos —intervino Nash sonriendo—. Necesitamos un poco de intimidad.

Los niños protestaron pero dieron unos cuantos pasos hacia atrás. Nash se giró de nuevo para mirarla.

—Ya sé que la última vez que te liaste la manta a la cabeza con alguien que conocías desde hacía poco tiempo fue un desastre. Así que si quieres tomarte las cosas con calma, lo entenderé. Quiero ser un compañero en este matrimonio. Quiero que nos cuidemos el uno al otro. No va a ser sólo cosa de uno. Pero será mejor que te lo demuestre en lugar de que tengas que tomarme la palabra.

—¡Oh, Nash! —dijo Stephanie apoyándose sobre él con un suspiro—. Ya me lo has demostrado cientos de veces. Te amo y quiero estar contigo para siempre. Sí, me casaré contigo —aseguró mirándolo a los ojos—. No hay nada que desee más.

—Muy bien —dijo Nash tomándola en brazos y levantándola del suelo—. ¡Me ha dicho que sí! —exclamó.

Hubo un grito de júbilo colectivo. Entonces Stephanie se dio cuenta de que todo el clan familiar se había reunido a su alrededor.

—Tenemos público —murmuró.

—Lo sé. Es mi familia. Y ahora es la tuya. Tal vez deberíamos darles un poco de espectáculo.

Nash la inclinó hacia el suelo y apretó la boca contra la suya. Fue un beso de amor. De pasión y de promesa de futuro. Stephanie lo correspondió mientras las palabras de felicitación sonaban a su alrededor.

«Mi familia», pensó Nash con orgullo. Ya no era un hombre solitario y apartado que contemplaba la vida desde fuera, reflexionó con alegría. Ahora era uno más, formaba parte de Stephanie. Había llegado a casa.